古都鎌倉、あやかし喫茶で会いましょう

忍丸

一二三文庫

この物語はフィクションです。
実在の人物、団体等とは一切関係がありません。

目次

プロローグ

ふわり、桃色の欠片が、夕暮れ時の空を風に乗って飛んでいく。

踊るように空を舞ったそれは、私の頬を掠めて音もなく地面に落ちた。辺りを包む空気は、暖かな季節を歓迎するように柔らかく、生きとし生ける者たちを抱きしめているよう。

春は喜びの季節だ。誰もが心浮き立って、ついつい出かけたくなる。自然と笑顔になる——新しい出会いを予感させる季節。春は誰にでも平等に訪れる。それは、ここ神奈川県《かながわけん》三浦半島《みうらはんとう》の付け根にある、鎌倉《かまくら》も例外ではない。

古都鎌倉。治承《じしょう》四年に源頼朝《みなもとのよりとも》が居を構えたことで、武家の町として整備されたこの地は、武家社会の発展に大きく貢献してきた。政の中心ではなくなった後も、明治期に上流社会の別荘地として脚光を浴び、観光地として現在に至っている。

鎌倉というと、寺社巡りもそうだが、多くの観光客の目当ては季節の花々だ。春真っ盛りのこの時期は、鎌倉の地は桜を求める客でごった返す。そのせいか、鎌倉はどこかソワソワと浮かれたような雰囲気に包まれていて、訪れた人間をその人のキャパシティ以上に駆り立てる。それは、私も例外ではなかった。

特に「おひとりさま」だったからかもしれない。他人に気兼ねすることなく、大張り切りで鎌倉の地を歩き回った私は、人混みもなんのその、旺盛《おうせい》に観光して回った。

結果、へとへとに疲れ切ってしまったので、どこかで休憩することに決めた。

「うわ、どうしよう……」

しかし、この時期は通りに面した店はどこも満杯で、窓から快適そうな店内を眺めることしかできなかった。すでに足は棒のよう。この旅のために新調した靴が擦れて、痛みのせいでもう長くは歩けそうにない。かといって、行列に並ぶのも気が引ける。ひとりなんだから、カウンターの端っこの席にでも潜り込めないものだろうか。

一縷の望みを託して、小町通《こまちどお》りから外れ、脇道に足を踏み入れる。その先には、現地民が通う穴場の店がある……そう信じて。


「……古民家カフェ？」

そんな私が出会ったのは、とある一軒の店だった。大きな門があり、そこには鮮やかな藍色に染め抜かれた暖簾《のれん》がかかっていた。そこには――「青藍《せいらん》」という文字。これが店名なのだろうか。

そうっと門の中に入ると、雰囲気のいい佇まい。古びた木造建築は二階建てで、広い縁側は、きっと日向ぼっこに最適だ。玄関先には満開の桜の木。はらはらと桜の花びらが舞う古民家は、女心が擽られる要素をいくつも兼ね備えていて、普通に考えれば客が殺到しそうなものなのだけれど……。

「うわ、ガラガラじゃない。しかも、なに？　これ……」

外から中を覗く限りでは、店内に客の姿はない。更に、入口には「あやかしも人間もどうぞ」なんて、ふざけた文句の看板がかかっている。

あやかしというと、アレだろうか。一般的にお化けとか妖怪とかいうアレ。そんなものを歓迎しているだなんて、怪しいにもほどがある。

（もしかして、ものすごく不味いとか？　それとも、とんでもなく高額だとか？　店員が偏屈《へんくつ》な人だったりして）

嫌な予感がして、思わず後退る。空いている店を探してはいたけれど、不思議なもので、空き過ぎていると尻込みしてしまう。

よし、別の店を探そう。店員に気づかれないように……と、そろそろと足音を消して退散しようとした、その時だ。視界になにか動くものが入ってきた。

「なぁん」

それは、大変可愛らしい猫だった。ロシアンブルーだろうか、青灰色の毛を持つその子は、私を誘うように尻尾をゆらゆら揺らした。そして、器用に前足で入口の引き戸を開けると、顔だけこちらに向けて、またひと声鳴いたのだ。

「……あれ？」

一瞬、猫の尻尾が何本かに分かれているように見えて、目を擦る。しかし、見間違いだったようだ。もう一度見た時には、普通の尻尾だった。

――あやかしもどうぞ。

看板の文句が脳裏に蘇ってきて、ひやりとする。けれど、私は軽く頭を振ると、苦笑を漏らした。

「そんなわけないじゃない。……ま、いいか」

きっと疲れているんだ。そう思った瞬間、たちまち疲労感に耐えられなくなって、帰るのをやめて足を店に向けた。

不味くても、高くてもいいじゃないか。辺りは暗くなり始めて、すでに夕方に差しかかろうとしている。今のうちに落ち着ける場所を見つけておくべきだ。それに、なにはともあれ座りたい。たとえ想像の通りだったとしても、それはそれで旅のいい思い出になるだろう。

「なぁん」

――可愛い猫も、誘ってくれているみたいだしね。

春は喜びの季節。

そして、新しい出会いの季節。

この決断は、どんな新しい風を吹き込んでくれるのだろう――。私は、ほのかな期待と少々の不安を胸に抱きながら、猫の後に続いて、その店に一歩足を踏み入れたのだった。

「いらっしゃいませ」

「こんにちは……」

おうふ、なんたるイケメン。私は案内された席に腰掛けながら、頭を抱えたくなる衝動を必死に堪えていた。

店内は、如何にも古民家という造りだった。

長い時を過ごし飴色に変色した木の柱に、見たことがないくらい大きな梁。足元は板張りで、一枚板のカウンター席に、いくつかのテーブル席。革張りの椅子は、クッションが効いていて、座り心地がいい。奥には座敷席もあり、あちらこちらに和箪笥など、歴史を感じられる家具が置かれている。黄みがかった照明に照らされて、非常にい・い・雰・囲・気だ。

「おしぼりをどうぞ」

対応してくれた店員さんは、所謂、王子様系。

思わず見惚れてしまうほど整った顔。瞳の色は金に思えるほどに薄く、肌も白い。薄茶色の髪は襟足だけが長く、鈴が付いた紐で結んであった。彼が動くたびにちりちりと鈴が鳴り、涼やかな音が店内に響く。体つきは細身ながら男性らしく、背が高い。薄い唇や長いまつげからは、そこはかとない色気が放たれていて、シンプルな白いシャツに黒のエプロンがとても似合っている。

お冷はレモンの爽やかな酸味が感じられて、おしぼりは程よい温度で清潔だ。ちらりと壁にかけられたメニューボードを眺めると、珈琲に紅茶、甘味――それに、今の時間はお酒と軽食を提供しているようだ。気になるお値段は、観光地の割に良心的。これで、やたら高額なせいで客がいないという線は消えた。

店員さんに気づかれないように、こっそりとため息をつく。

（猫ちゃん、とんだところに招いてくれたわね）

これだけ好条件が揃っているのに、この空きっぷり。値段でもロケーションでも、店員でもないのならば……おそらく味だ。私は、今はもう姿が見えなくなってしまった猫を心の中で恨んだ。しかし、入店してしまった以上はなにかを頼むしかない。

覚悟を決めて、注文をする。小腹も空いていることだし、せっかくだから食事を頼んでみよう。後は野となれ山となれ。不味いなら不味いなりに満喫してやろうじゃないか。

私はふんと鼻息荒くお冷を飲むと、ぐっと背を伸ばした。

「……？」

一瞬、背中に視線を感じて振り返る。けれども、そこには静かな店内が広がっているだけだった。

「お待たせ致しました。こちら『鎌倉野菜の前菜盛り合わせ』でございます」

「わあ……！」

私は、目の前に置かれた料理に、思わず感嘆の声を上げた。

平皿に、センスよく何種類かの料理が盛られている。紅芯大根、紫人参などの珍しい野菜を使ったバーニャカウダ。ほうれん草のニョッキにはたっぷりとソースが絡んでいて、ホカホカと湯気を上げている。それと――。

「これが、西洋たんぽぽの葉ですか？　初めて食べました」

「ヨーロッパでは春の味として親しまれているそうですよ」

「へえ……！　鯛のお刺身と合いますね」

ピリッとした辛味を持つ西洋たんぽぽの葉は、淡白な鯛のお刺身にいいアクセントを与えてくれている。鯛の身もぷりぷりとしていて味が濃く、まさに春の味といった感じで、とても美味しい。

（なんだ、ただの穴場の店だったのか）

どうやら私の心配は杞憂《きゆう》だったらしい。予想外の味に、途端にご機嫌になった私は、ウキウキでグラスワインを注文した。供《きょう》された葡萄色の液体に目を細めて、ぐいと呷る。ヘルシーな鎌倉野菜。それに、ライトボディの赤ワインはぴったりで――ついつい、お酒が進んでしまった。

「おかわり！」

「……お客様。大丈夫ですか？」

「ら、らいじょうぶです～」

店員さんの心配そうな視線を受けながら、ご機嫌で空になったグラスを眺める。

一日歩き回ってくたびれていたこともあり、気がつくと随分と酔っ払っていた。自然と口も軽くなり、思わず溜まっていたものを吐き出してしまう。

「私だって、好きでひとりで鎌倉にきたんじゃないですよ。『おひとりさま』は別に嫌いじゃないですけどね～。アイツが、いつか一緒に行こうねって言ってたから」

「おかわり、どうぞ」

「ありがとうございます！　んぐ……っ！　ぷはー！　それなのにあの男！　同棲していた部屋に、女を連れ込んでたんです。私の部屋着を、浮気相手に使わせてたんです。一緒に選んで買ったベッドで……っ！　ああ、ちくしょう！」

「大変でしたね……」

「大変でしたよ‼」

自分の他に誰もいないのも手伝って、愚痴が止まらない。頭の片隅では、止めた方がいいとはわかっているのだけれど、吐き出さずにはいられなかった。

ここ鎌倉に、私がきたのには理由があった。

私――橘《たちばな》詩織《しおり》は、ごくごく一般的なOLだった。大学を卒業して、それなりの会社に入った。すごく優秀なわけではないけれど、生来の真面目な気質のおかげか、一通りになんでもできた。おかげで仕事を任せられることも多く、けれども器用ではないせいで、いつも手一杯。日々忙しく過ごしているうちに、二十八歳……。友人や同僚は次々と結婚、出産、育休……気がつくと、ぽつん、とひとり取り残されていた。ひたひたと迫りくる三十路の足音に怯えながら、二十代のうちに結婚したいと常日頃から考えていた。

――そんな中、出会ったのが彼氏だった。会社の同僚、同じプロジェクトを立ち上げた仲間で、イケメンではないけれど笑顔が可愛い系の同い年。結婚を前提に同棲も始めた。私にも春がきたのだと、天にも昇るような心地でいたというのに。

「新入社員の若い女の子に、あっさりと乗り換えられたんです。同棲していた家を、着の身着のまま追い出されて……。あの子と、あの部屋で住むんですってよ！　私が買った家具もあったのに!!」

追い出された翌日、這々の体で実家から出社したら、見たくもない顔と鉢合わせてしまった。社内恋愛だったのだ。デスクも近い。なんなら、顔の見える距離に浮気相手までいる。私は、その日のうちに会社から逃げ出した。多大な迷惑をかけることは理解しつつも、なにはともあれ、あの空間にいたくなかったのだ。

意外にも、会社や同僚はそんな私に優しかった。事情を理解してくれ、残っていた有給も消化させてもらえることになった。晴れて自由の身になったわけだが、副業禁止の会社だったため、有給消化中は働くことができない。空虚な心のまま、日々鬱々と過ごしていた私は、気分転換することを決めた。

果たして――私、橘詩織（28）は、仕事も恋人もすべてを失って、ひとり鎌倉へと傷心旅行へきたのだった。

「お辛かったでしょうね」

店員さんの優しい言葉に、涙が溢れる。美味しい鎌倉野菜にワイン。それにイケメン。それは、これ以上ない慰めだった。テーブルに突っ伏して、思いついた言葉をつらつらと吐き出す。それだけで、気持ちが軽くなっていくようだった。

「無職でひとり旅なんて馬鹿みたいですけど……なんか家に引き籠っていると、気が滅入ってきて、出かけずにはいられなかったんです」

するとし、泣き言を言っている私を労るように、やたら毛むくじゃらの「なにか」が頭を撫でてくれた。

「あら、お馬鹿さんね。旅はいいものよ。心も体も癒してくれる。会社を辞めたのだって間違ってない。クソ男と同じ会社なんて、誰だって嫌よ。別れて正解よ」

その温かな言葉に、私の気持ちもヒートアップする。だん、とテーブルを拳で叩くと、私は思いの丈を思い切り叫んだ。

「アラサー女性を捨てるってことの、罪の重さを理解してないんですよ、奴は！」

「そうだそうだ！　女の盛りってもんは、短えからなぁ……」

「なにを言っておるのだ。鎌倉時代ならともかく、今は、二十八歳と言えども捨てたものではないと思うが」

「アハハー。優しいこと言ってくれるじゃないですか……」

（……ん？）

その時、ふと疑問に思って顔を上げる。

（私……今、誰と話しているの？）

少なくとも、あのイケメン店員ではない。そもそも彼は、汚れた食器を洗うため か、店の奥に引っ込んでいて姿が見えない。しかも、聞こえてきた声は、女性にして は低いけれど、艶のある声だ。それに加えて、少し粗野《そや》な話し方をする男性と、古風 な言い回しをする男性の声。……それらは、どう考えても初めて聞く声だった。

酔いが回って鈍った頭のまま、勢いよく首を巡らせる。そして、声が聞こえてきた 方を見て――私は石のように固まってしまった。

「だから男って嫌よね。自分勝手で……ってアタシも男だったわ、オホホホ！」

――そこにいたのは、ぺろぺろと日本酒を枡から舐めている、巨大な黒猫。

「アハハハ！　流石、姐さん！　アハ、アハハハ……あ、顎が外れた」

――カタカタと骨を鳴らして大笑いしているのは、パンケーキをシロップまみれに しているポロシャツ姿の骸骨。

「男の風上にも置けぬな。武士として許せぬ。その輩《やから》、拙者が斬ってやろうか」

――体に矢を刺し、眼窩《がんか》から目玉を溢れさせている落ち武者は、美味そうに珈琲を 啜った。

「ちょっとした事件になっちまうよ旦那。よっしゃ、ここは俺がソイツを化かして、山中に迷い込ませてやろう」

——とぼけた顔の狸は、ナポリタンを食べて口の周りを真っ赤に染めている。

それらはみんな、人ならざるもの——あやかしだった。彼らの他に、奥の座敷にも、テーブル席にも、ありとあらゆる席に、魑魅魍魎《ちみもうりょう》が着席しているではないか。そんな彼らが、やいやいと私に向かって野次を飛ばしていたのである。静まり返っていたはずの店内は、今や、あやかしたちの上げる音で酷く賑やかだ。

——誰もいないと思っていた店内。

実は、そこはあやかしたちで満席だったのだ。

「ひっ……！」

思わず悲鳴を上げて、椅子を引く。ガタン、と椅子が鳴ると、あやかしたちは一斉に口を閉ざして、しんと店内が静まり返った。おどろおどろしい恰好をした者。動物の姿を模した者。様々な風体のあやかしたちが、瞳の奥に知性の光を宿して、じっと無言で私を見つめている。

——あやかしもどうぞ。

あの看板が再び脳裏に蘇ってきて、はっと息を呑む。

（アレは、本当だったんだ……‼）

あまりの恐怖に体が震え、嫌な汗が背中を伝った。どうにか逃げ出せはしないかと、辺りを見回す。すると、私のすぐ隣に座っていた巨大な黒猫が、どろんと煙を纏って姿を変えた。現れたのは、着流しを着た男性だ。長い黒髪を後ろで結い、涼やかな目元には朱を指している。その人は頭上の猫耳をピクリとこちらに向けると、切れ長の瞳を、さも面白そうに三日月型に歪めた。

「おや、この子。アタシたちに気がついた」

「……っ‼」

それが合図だったかのように、私は席から立ち上がった。椅子が倒れたのにも構わず、出口に向かって駆け出す。すると、正面から店員さんがやってきた。

「どうかされましたか？」

一瞬、ホッとして、彼の整った顔を見上げる。すると、その額に尖った角が二本存在していることに気がついて、途端にどん底に突き落とされたような気分になった。

「お客様？」

「どいてっ……‼」

足を縺れさせつつも、店員さんの脇をすり抜けて外に出る。外はすでに日が落ちてしまい、辺りは薄闇に包まれている。ひんやりと底冷えする夜風が体を包み込み、全身に鳥肌が立った。

必死の思いで、入口の門まで辿り着いた。後ろを振り返ってみると、追手はまだきていないようだ。この場所は、小町通りよりも奥まった場所にあるので、流石に人通りは少ない。けれど、それでも道にはちらほらと人影が見えた。

よかった、もう大丈夫だと、彼らに助けを求めようと口を開いた……その瞬間、私は言葉を失った。

「おかあさん、おなかへった！」

「はいはい。早く帰りましょうね」

私の目の前に広がっていたのは、ごくごく普通の日常の風景。ただし、子どもの肌が燃えるように赤く、額からは角が生えている。隣を歩く母親の口から覗く牙は、異常なほどに凶悪だ。道路の反対側の薄暗い小路に目を遣ると、暗闇の中で無数の目がこちらを見ている。怪しい光を放つその目は、何度も瞬きを繰り返し、まるで私に襲いかかるタイミングを見計らっているよう。慌てて目を逸らし、通りの向こうを見ると、観光客を乗せた人力車が走っている。けれども、それを引く人夫の腕は異常なほどに膨れ上がっており、顔のいたるところに目が存在していた。

「……ハハ、ハハハハハ……」

私はへなへなとその場に座り込むと、動けなくなってしまった。まるで、異世界にでも迷い込んでしまったようだ。自分の身に一体なにが起こっているのか、まったく理解できない。

もしかしたら、私は足を踏み入れてはいけない場所にきてしまったのだろうか。鎌倉というこの場所は、実は魔境だった――？

すると、突然なにかに襟首を引っ張られて、ふわりと体が浮き上がった。恐る恐る首を巡らせると——それは、あの巨大な黒猫だった。

「あらあら。腰が抜けちゃったのね。ほら、いらっしゃい」

黒猫はそう言うと、まるで子猫にするように、私を口で咥えたまま、店内に戻るために歩き始めた。

(——あ、コレ美味しく食べられちゃうやつ)

私は、ちっとも力が入らない体に絶望しながら、悲鳴を上げる気力もなく、まるで
神様に捧げられる生贄のような気分で、無理やり店内に戻されたのだった。

「災難だったわね」
目の前には、凶悪な牙が並んだ大きな口——ではなくて、ホカホカ湯気を立ててい
る、薫り高い珈琲。香ばしい香りが鼻を擽り、困惑して周囲を見回す。
巨大な猫は、また着流しの男性に変化して、私の隣に座って楽しそうに笑ってい
る。その他のあやかしたちも、興味深そうに私を見てはいるものの、襲ってくる様子
はない。すると、身を固くしている私に、猫が変化した男性は優しく声をかけてきた。
「別に取って食おうだなんて思っていないわ。落ち着きなさい。ほら、甘いものでも
食べる？　パフェでも用意しようかしら」
「い、いえ。お構いなく」
慌てて遠慮すると、「そう」とその人は頬杖を突いて微笑んだ。

縦長の瞳孔がすうと細まって、目の前の存在が、酷似してはいるが人間とは違うものなのだと思い知る。けれど、彼の纏う、しっとりと雨に濡れたような怪しい美しさに見惚れそうになる自分もいて、内心で戸惑うばかりだった。

（化かされているのかも）

そんな風に思いながら、珈琲に口をつける。

すると、その味に思わず目を見開いた。

「……あ。美味しい」

酸味と苦味の調和が程よく、鼻に抜ける香りがなんとも清々しい。後味もすっきりとしていて、口の中に残る余韻が心地良い。ひとくち飲むごとに、珈琲が体の芯に沁みて、疲労や恐怖ですり減った心を癒やしてくれるよう。それはまるで、今の私のために用意されたようなブレンドだった。

こんな時だというのに、しみじみ珈琲の味に感動していると、私をじっと見つめていた男性が、おもむろに口を開いた。

「そういえば、自己紹介もまだだったわね。アタシは青藍《せいらん》。この辺りに古くから住む猫又。……アンタが考えている通り、人間じゃない。あやかしよ」

彼は「これは他言無用よ」と前置きをすると、鎌倉の地について話してくれた。

「日本には、『古都』と呼ばれる古い都市がいくつもあるの。そういうところはね、古来よりあやかしたちが住んでいる。それも——その土地の人間と共存しながらね」

「そ、そんな話、聞いたことありません。奈良も京都も行ったことありますけど、あやかしなんて見なかった」

「それはアンタが外部の人間だったたってだけよ」

青藍さんは意味ありげに瞼を伏せると、その名の通り、淡い藍色に染めた爪を指先で弄りながら言った。

「あやかしは地元民にしか視えない。そういうものなのよ」

彼によると、あやかしたちは人間社会に溶け込むため、外部からくる人間や観光客にはわからないように、姿を偽っているという。あやかしたちのさじ加減で、店員さんのように完璧に人間に偽装することも、先ほどの青藍さんたちのように、姿をまるきり消すこともできるそうだ。

「……な、なら。どうして私にはあなたたちの姿が視えているんですか？　私、別に鎌倉生まれでもなんでもないのに」

「うーん。よくわからないけど……。きっと、この土地の古くからいる神様がアンタを呼んだのよ。ねえ、ここにくるまでになにかに会わなかった？」

考えてみても、思い当たる節はない。直前に会ったのは猫ぐらいだ。あの可愛い猫ちゃんが？　まさかね、なんて思っていると、途端に空恐ろしくなって、両手で自分を抱きしめた。

知らぬ間に、得体の知れない「なにか」と出会っていたのかもしれない——。

それは、途方もなく恐ろしく、そして薄気味悪いことのように感じた。

「な、なにはともあれ、事情はわかりました。ご飯も珈琲も美味しかったです。お代はここに置いておきます。あ、お釣りはいりません」

（こんな場所からはとっとと退散しよう）

私は五千円札をテーブルの上に置くと、立ち上がろうとして――足に力が入らず、倒れそうになってしまった。

「おっと」

「あ……す、すみません」

咄嗟に、店員さんが支えてくれたので、お礼を言う。すると、店員さんは若干顔を強張らせると、すぐに私の傍から離れてしまった。その態度を不思議に思っていると、背後から青藍さんの笑い声が聞こえてきた。

「あーあ。まったく、そんな体たらくでどうやって帰るつもりなのよ」

青藍さんは呆れたように言うと、何故か、このまま帰るのは危ないと言い出した。

「な、なんでです？　家に帰るだけですよ⁉」

「馬鹿ね。別に止めはしないけど、あやかしが視える『よそ者』を外の奴らが放っておくとは思えない。無事に家に辿り着けるかしらねぇ……」

「どういうことですか……？」

「だって『よそ者』であやかしが視えるなんて、『祓《はら》い屋《や》』くらいだもの」

青藍さんによると、どうも、あやかしと人間の間のトラブルを解決することを生業にしている人たちがいるらしい。彼らは「祓い屋」と呼ばれ、古くから対あやかしのトラブル解決に一役買ってきた。問題を起こすあやかしは、同種からも煙たがられていたから、祓い屋の存在自体は受け入れられていたようだ。しかしここ近年、祓い屋の中に、無差別にあやかしを殺める者が現れたらしい。

「アタシたちを殺したって、人間社会じゃあお咎めなしだからね。面白半分でそういうことをする奴がいるのよ。困ったことに、まだ捕まってない。でも、ソイツが『よそ者』だってことはわかっている——だから、危ないって言ってるの」

その祓い屋に間違われて、あやかしたちに追いかけられたり、齧られたりしないといいわね、と青藍さんは笑っている。

さあっと血の気が引いていく。これって、たとえ無事に鎌倉から出られたとしても、どこかであやかしに遭遇でもしたら——命が危ないってことじゃないか。

「つ、詰んだ……？」

彼氏に捨てられたばっかりでこの仕打ち⁉　と、ひとり絶望感に包まれていると、突然、青藍さんがポンと手を打った。

「いいこと思いついたわ！　アンタがあやかしに襲われないように、ボディーガードを貸してあげましょうか」

「いいんですか⁉」

　思わず、興奮して身を乗り出す。すると、青藍さんはニコニコと笑みを浮かべながら、とんでもないことを言い出した。

「そのかわり、この店で働くの」

「へっ……!?」

「住む場所も用意してあげるわ。職も家もないんでしょ？　ちょうどいいわ！」

　待って、と静止してみても、青藍さんは聞く耳を持ってくれない。私の意思とは関係なく、トントン拍子で話が進んで行く。

「給料はこれくらいでどう？　安心して、うちの福利厚生はしっかりしているから。有給も、まかないもつく。このご時世、いい条件だと思うのだけど？」

「確かに」

　思わぬ好条件に、うっかり了承しそうになる……が、青藍さんの背後に犇《ひし》めくあやかしたちを見て、言葉を飲み込んだ。おどろおどろしい彼らがいるこの場所で、私は上手くやっていけるだろうか。正直なところ、不安しかない。

　すると、そんな私を見かねたのか、おもむろに店員さんが口を開いた。

「急な話だからね、慎重に考えるべきだとは思うけど……。でも、もし君が働くことになったら、精一杯手助けさせて貰うよ」

　イケメンが浮かべた笑顔。それは落ち武者やら、骨やら野生動物の犇めく店内にあって、まるで太陽の光のようだった。

彼ならきっと、有言実行してくれるに違いない。それに――。

（あやかしに齧られたくなかったら、どのみち、ここで働くしか道はないよね）

私は肝を据えると、青藍さんに向き合って深く頭を下げた。

「わかりました。ここで働かせてください。私、橘です。橘詩織といいます。どうぞよろしくお願いします……」

ああ、言ってしまった。口にした途端、後悔の念が押し寄せてくる。騙されていたらどうしよう、明日辺り、誰かのお腹の中に収まっているかもしれない。

けれども、そんな私の心配を余所に、青藍さんは顔をぱあっと輝かせると、私の手を握りしめて、やや興奮気味に言った。

「ああん、嬉しいわ！　もちろんよ。ボディーガードの手配は任せて頂戴」

「本当にいいのかい？　僕の名前は朔之介《さくのすけ》。どうぞよろしく、橘さん」

思いのほか、温かく迎えられて驚く。心から嬉しそうな青藍さんの様子に、途端に気持ちが軽くなった。

ここにきたのもなにかの縁だ。どうせどん底だったんだもの。失うものはなにもない！　ここを新天地と決めて、思い切って頑張ってみよう。

私は青藍さんの手を握り返すと、お世話になりますと頭を下げた。そして、続いて朔之介さんの手を握ろうとして――何故か、笑って躱されてしまった。

「――あれ？」

首を傾げた瞬間、それまで黙って話を聞いていたあやかしたちが騒ぎ出した。

「よっしゃ、お前ら今日は歓迎会だァ！　飲むぞォ！」

「ちょっとアンタら、ここは居酒屋じゃないのよ！　カフェなんだからね‼」

「ハハハ、祝い事は盛大にするべきだと我は思うが。なあ、お嬢さん」

「ひぃ、落ち武者⁉」

眼前に迫る生気のない武士の顔に、気が遠くなりかける。堪らずのけぞった私を支えたのは、どう見ても白骨死体だ。

――ああ‼　もう、逃げ出したい気分になってきた。

けれど、了承してしまった以上は、もう後には戻れない。

私は、心配そうに顔を覗きこんでくる異形たちに、愛想笑いを浮かべながら――前途多難な己の人生に思いを馳せた。

傷心旅行でやってきたはずの鎌倉。

なにもかも失い、半ば自棄になってひとり旅を決めた。

春は出会いの季節。

暖かな息吹が運んできた予想外の出会い。

傷心旅行で訪れたこの地で、あやかしたちとの新しい生活が――今、始まろうとしている。

一章　初めてのおつかいと、春色ランチ

あやかしが視えるようになったあの晩から、半月ほど経った。

私は、オーナーである青藍さんに、カフェの二階に部屋を用意して貰った。

鎌倉での新しい生活が、とうとう始まったのである。

あてがわれた部屋は、六畳ほどしかない和室だ。部屋には水道やガスは通っておらず、トイレ・お風呂は共用。食事は一階にあるカフェスペースでするという。一見不便そうに思うが、まかないもつくし、そうでもない。それに、畳の香りのする部屋は、案外、居心地がよかった。

私の部屋からは、入口近くの桜の木がよく見える。ふと窓から外を覗くと、麗らかな春の空を背景に、木の枝を小鳥たちが調子よく飛び回っていた。その枝先には、真っ白ふわふわななにかが止まっている。その名も知らぬあやかしは、ひとつ目をぎょろりと動かして、小鳥たちを虎視眈々と狙っていた。それがぱっかりと口を開けたところで、嫌な予感がしてそっと目を逸らす。すると上空を、烏天狗が気持ちよさそうに滑空しているのを目撃してしまった。

「やっぱり、視えるわよね」

この数日間、繰り返したひとり言。あやかしが視えるなんて、夢であればいいと何

度思ったことか。しかし、鎌倉で過ごしている間中、異形の姿は私の視界の中に頻繁に現れ、現実を突きつけてくるのだ。

――はぁ。

憂鬱な気持ちをため息ごと吐き出して、ごそごそとタオルをタンスから取り出す。引っ越しの荷物は大分片付け終わった。ようやく、今日からカフェで働き始められる。そうなれば、仕事の忙しさにかまけて、あやかしが視えることも段々と気にならなくなるだろう――。

顔を上げて、気持ちを切り替える。そして、洗面所に向かおうと自室から出た。

「――あ」

すると、ちょうど洗面所から戻ってきたらしい朔之介さんと鉢合わせた。頭から二本の角を生やし、首から手ぬぐいをかけて、少し乱れた浴衣を着た彼は、私を見るなり足を止めた。拭ききれていない雫が、ぽたりと彼の白い頬を伝って落ちて行く。

今時、古風な恰好の朔之介さんを意外に思いながらも遠慮がちに挨拶をする。

「おはようございます」

すると、彼はみるみるうちに真っ赤になって、その場から数歩後退りした。

――それは、明らかな拒絶反応。

なにかやらかしてしまったかと、己の行動を振り返る。挨拶に問題があったとは思えない。ならば身なりだろうと、恰好を確認する。しかし、私が着ているのは、どこにでもあるような部屋着で、別段変わったところはない。けれど、朔之介さんはまるで奇っ怪なものを見てしまったかのように顔を引き攣らせて、じりじりと壁際に沿って逃げようとしているではないか！

「あ、あの……私、なにかしたでしょうか？」

勇気を振り絞って、朔之介さんに声をかける。すると、彼はふるふると首を横に振って、君が悪いわけじゃないんだと、言葉を濁した。

「どうも女性に慣れていなくて。なんというか……すまない」

朔之介さんはそう言うと、急ぎ足で自室に入って行ってしまった。扉が閉まる音。そして、彼の髪紐についた鈴の涼やかな音だけが、古びた廊下に響いていった。

「……嫌われた？」

特段、なにもしていないのに、女性だというだけで？

今日から働くというのに、先行きが不安過ぎる。初めてカフェで会った時、にこやかに対応してくれた彼は、幻だったのだろうか——。

若干、めまいを感じて廊下の壁に寄りかかる。すると、足もとになにか柔らかいものが纏わりついてきた。

「気にすることはないよ、詩織姉さん。アレはただ、うぶなだけさ」

それはぽっちゃりした三毛猫だった。白、茶、黒のキジ三毛で、三毛猫としてはなんとも珍しい雄猫である。その子は、すりすりと私の足に顔を寄せると、三叉に分かれた尻尾をぴんと立てて、ご機嫌で喉を鳴らした。

「そうかなあ……」

私はその子を抱き上げると、柔らかい毛並みに顔を埋めた。

この子の名前はサブロー。青藍さんの配下で、あやかしの猫又だ。そう、このサブローこそが私のボディガード。本人いわく、戦うと結構強いらしいのだが、幸いなことにそれを確認する機会は未だ訪れていない。彼はどこに行くにも私の傍に付いてきてくれ、色々と教えてくれる頼りになる子なのだ。

サブローはザラザラした舌で私の頬を舐めると、しんみりした口調で言った。

「あやかしには、色々と事情があるもんさ。そのうち知る機会もくるんじゃないかな。それにいいじゃないか。詩織姉さんには、オイラがいるだろ？　朔の兄さんにちっとばかし冷たくされたって、構わないよ」

「サブロー……！」

ああ、なんて愛らしいボディーガード！

感激のあまり、思わず身が震える。猫又は言葉が通じる分、猫特有の理不尽さが薄く、可愛さが天井知らずだ。こればっかりは、あやかしが視えるようになってよかったかもしれない。

するとサブローは、飴玉みたいにまんまるの瞳で私をじっと見ながら、少し照れ臭そうに言った。

「姉さんはオイラが守る。青藍姐さんに任されたんだ。頼りにしてよ」

「……あああ。サブローが人間だったらなあ！」

嬉し過ぎる言葉に、サブローを強く抱きしめる。浮気したあげく、私を捨てたあの男とは、比べ物にならないくらいに男前だ！

するると、まるで液体のように柔らかな肢体を持つサブローは、ぬるりと私の腕から逃げ出すと、とん、と廊下に降りて、苦笑交じりに言った。

「なにはともあれ、アレは気にしないでいいよ。多分だけど、朔の兄さんがあんな反応をしたのは、詩織姉さんの恰好が、兄さんから見て破廉恥だったからだろうし」

「はれんち」

「そう、破廉恥！」

……これが？

もう一度、自分の恰好を見下ろす。パステルカラーのふわふわのパーカーに、同素材のハーフパンツ。ごくごく一般的な部屋着だ。この服が破廉恥だなんて言われたら、なにを着たらいいかわからない。……って、まさか。

「服じゃなくて、実はアラサーのすっぴんがキツかったんじゃ……？」

「いや、姉さん。違うって」

空恐ろしくなって、考えるのを止める。サブローがなにか言っているけど、まったく頭に入ってこない。私は、少しふらつきながら洗面所に向かって歩き出した。

（……明日からは、すっぴんのまま出歩かないように注意しよう）

　私は、心に固く誓ったのだった。


　朝のギクシャクしたやり取りを経て、なんとなく無言で朝食を終えた私たちは、早速仕事を始めることにした。まずは開店準備だろうかと思っていると、そんな私に、朔之介さんは固い表情のまま言った。

「……仕事に早く慣れて貰うためにも、これから出かけるよ」

「は、はい。私と、ふたりでですか？」

「もちろん。市場に仕入れに行くんだからね」

　釣られて、ついつい私も変な顔になって、こくりと頷く。最終的にはひとりが仕入れ、ひとりが開店準備という流れを想定しているらしい。そういうことであれば、市場への案内は必要だろう。けれども、女性に慣れていないという彼は、仕入れに行くだけだというのに、まるで戦場に赴くような顔をしている。

　……これは、大丈夫なのだろうか？

　正直、このままじゃ、ギクシャクして上手く行くとは思えない。

　私は、少し考えた後、慎重に言葉を選びながら言った。

「――ええと、確かに私は女性ですけど……。あまり気にしないで行きましょう」

「え？」

「私のことは、女性だと思わないでください。そうですね、仕事の後輩だと思いましょう。ほら、そうすれば男も女も関係ないでしょう？　それに私、しばらく色恋沙汰は勘弁して欲しいので、そっち方面も安心してください」

これだけのイケメンだ。もしかしたら女性絡みの強烈なトラブルがあったのかもしれない。色々と想像が捗るけれど、今はそれどころではない。居心地の悪い職場だなんて、まっぴらごめんだ。

私の言葉を聞いた朔之介さんは、一瞬、呆気に取られていたかと思うと――少し困ったような、けれども柔らかな笑みを浮かべた。

「……アハハ。ありがとう。多分、君が想像しているのとは違うんだけどね。気を使わせてしまったね。ごめん」

そして、晴れやかな表情になると、さあ出かけようかと私を促した。

（これで、大丈夫……かな？）

少なくとも、これから市場を案内して貰う分には、支障なさそうだ。私はホッと安堵のため息をつくと、朔之介さんの隣に立って歩き出した。


早朝の鎌倉は随分と冷え込んでいて、吐く息がほんのりと白く染まるほどだった。まだ薄暗い町を歩いていると、時間のわりに、やけに人が多いことに気がついた。

「鎌倉の人たちって、随分と朝が早いんですね？」

「今日が特別なだけさ。明日からは鎌倉祭りだろ？　だから、準備に忙しくしているんじゃないかな」

「鎌倉祭り」とは、昭和三十四年から行われている、鎌倉を代表する観光行事だ。鶴岡八幡宮《つるがおかはちまんぐう》を中心に、鎌倉市内のいたるところで様々な催し物が行われ、初日には源義経の愛妾であったという静御前《しずかごぜん》の舞を再現した「静の舞」が披露されたり、最終日の日曜には、勇壮な流鏑馬《やぶさめ》が執り行われたりと、見どころがたくさんある。その期間は、鎌倉はいつも以上に人でごった返し、盛り上がりを見せるのだ。

確かに、今日の鎌倉の空気はいつもと違う気がする。すれ違う人々も、祭りを楽しみにしているような――それでいて、本番に備えて気合を入れているような印象だ。明日からは、鎌倉は夏に先駆けて熱い空気に包まれるのだろう。接客業に携わる者からすれば、正直なところ、楽しさ半分、怖さ半分といった感じだった。

「今日は、普段より多めに仕入れておくつもりだよ」

「はい！」

私たちは足を早めると、目的の場所に向かった。

到着したのは、鶴岡八幡宮から海に向かってまっすぐに伸びる若宮大路《わかみやおおじ》に面した、鎌倉市農協連即売所――通称レンバイだ。

大きな看板が掲げられた入口の前は駐輪場になっていて、壁にはレンバイの由来が書かれた看板がある。けれども、それに目を通す時間もなく、急ぎ足で市場に入る。

すると、私はそこに広がっていた光景を見るなり、目を丸くした。

――それは、目にも色鮮やかな野菜たちの饗宴だ。

少し低めの陳列棚――その一面に、春野菜がびっしりと敷き詰められている。朝採れなのだろう、しっとりと露に濡れた野菜たち。萌黄色、蒼色《そうしょく》、若菜色、若草色――あらゆる緑の色がそこには存在していた。見慣れた野菜の合間には、馴染みのない西洋野菜がちらほらと混じっている。それらは、買い手に自慢げに新鮮さを見せつけ、誘うように朝日で自らを飾り立てている。

「すごいたくさん！　あの、どれが鎌倉野菜なんですか？」

辺りをキョロキョロ眺めながら尋ねると、朔之介さんは全部だよと教えてくれた。

「京野菜や加賀野菜なんかと違って、鎌倉野菜には特定の品目はないんだ。言うなれば、鎌倉で育てられた地野菜が鎌倉野菜なんだよ」

「へえ……鎌倉って、畑のイメージはあまりないですけどね」

「まあ、観光地が多い南部の方はね。農地は北部や西部の方にあるんだ。多品目を少量ずつ作っている農家さんが多くてね、地産地消でいろんな種類の野菜が食べられる。それが、鎌倉野菜の魅力のひとつだと思っているよ」

感心しながら、手書きで書かれた値札を覗き込む。「形が悪いのでお安くします」なんてものもあって、手作り感がいい。一般客も気軽に利用できるそうだが、早朝だからか、レンバイにきているのは、大半が料理人などのプロのようだった。

彼らに対応しているのは、普通《にんげん》の農家さん。それに——異形たち。巨大な牙を生やした大鬼や、とぐろを巻いた大蛇。ひとつ目小僧……様々なあやかしたちが、レンバイ中で野菜をやり取りしていた。もちろん、客にもあやかしはいるが、普通の人間もたくさんいる。彼らは、相対しているのが人ならざるものだと理解した上で、話しかけているのだろうか。それとも——。

一瞬、ひやりとして視線を陳列された野菜に落とす。私の知らない世界。知るはずのなかった世界——それを知れたことは、果たして幸運だったのだろうか。

「橘さん！　どうしたの？」

「い、いえ」

朔之介さんに呼ばれ、思考を中断して、慌てて傍に寄る。すると、彼とやり取りをしていた赤鬼が、「味見してみるかい？」と、葉物を差し出してきた。

「カナリーノって言ってね、イタリアのレタスなんだ。普通のレタスと違って、丸くならなくて、葉っぱがひょろひょろしてる。面白いだろ？」

「……あなたが育てたんですか？」

「もちろん！」

私はそうなんですかと曖昧に笑うと、巨大な赤鬼の手から、小さな小さな葉っぱを受け取った。

——見慣れない鎌倉野菜。あやかしが育てたというそれは、噛みしめると、舌の上にしっかりとした苦味と濃厚な緑の味を残して、喉の奥にゆっくりと消えていった。

「――配達、ですか？」

「ああ、頼むよ」

レンバイで買い込んだものをようやく店に持ち帰ると、突然、朔之介さんに用事を頼まれてしまった。

「実は、用意して置いたものがあってね。ほら、さっきも話した通り、明日から鎌倉祭りだろう？　みんな、準備で大変だろうから、差し入れというか……おすそ分けをしようと思ってたんだ。初日から悪いね。開店準備は、明日教えるから」

渡されたのは、いくつかのお弁当が入った紙袋だ。

「届けるにしても、私、この辺りにはあまり詳しくないんですが……」

「大丈夫。サブローがいるだろ？」

すると、私の肩にひょいとサブローが登ってきた。

「オイラに任せておいてよ。元々地元猫だったからね、この辺りには詳しいんだ」

私は、肩の上で喉を鳴らしているサブローに「じゃあ、お願いね」と声をかけると、首元を撫でてやった。

「お昼までには戻っておいで」

朔之介さんの言葉に頷いて、店を出る。空を仰ぐと、春らしい花曇りの空が広がっている。暑くもなく寒くもなく、出かけるにはちょうどいい気候だ。

「行ってきます！」

私は、元気に挨拶をすると、ボディーガードの三毛猫と連れ立って、鎌倉の町へと繰り出したのだった。


「休日の鎌倉を歩く時は、コツがあるんだよ」

鎌倉祭りは、四月の第二日曜日から第三日曜日にかけて行われる。つまり、前日の今日は土曜日だ。鎌倉は、ただでさえ普段から混み合うことが多い。土曜日ともなれば、たくさんの観光客でごった返す。

「地元民はね、鶴岡八幡宮の近くとか、小町通りは通らないんだ」

「どうして？」

「だって、タラタラ歩く観光客に付き合っていられないじゃないか！」

確かに、観光客は周囲を眺めながら歩いているのもあって、非常に足取りがゆっくりだ。それに付き合うのは、地元民からすると辛いのかもしれない。サブローはくるりと私の方を振り返ると、三本の尻尾をゆらゆらと揺らした。

「さあ、こっちだよ。一日も早く、裏道を覚えるんだね。それが、鎌倉で生きるための必須条件だよ！」

「あ、待って！」

入ったのは、小町通りから少し入り組んだ場所にある路地だ。観光客でごった返す道から一歩中に入ると、広がっているのは閑静な住宅街。人ひとりすれ違うのもやっとのような狭い道を通って、家々の門戸が立ち並ぶ静かな道を行く。

「ここの家の木陰は、風がよく通るから、昼寝にぴったりなんだよ」

「へえ」

「あと、たまに煮干しをくれる！」

猫又的オススメ情報を聞きながら、鎌倉の家々を眺める。流石、鎌倉といったところだろうか。各家庭の庭先は丁寧に整えられていて、花々が町を鮮やかに彩っている。春を感じるという意味では、季節ごとに移り変わるいろんな種類の植物を目にできる分、住宅街の方がいいかもしれない——そんなことを思っていると、ふと縁側でくつろいでいる住民と目が合った。一瞬、その人の生活圏に勝手に入りこんでしまったような錯覚を覚え、慌てて頭を下げて、狭い小路を小走りで進む。

（なんだか、楽しいな）

迷路のような細い道や、瑞々しい緑に囲まれた道を行くのは、まるで冒険しているようで心が躍る。時折、隠れ処のような小さな店を見つけられるのも嬉しい。普通に訪れたのではなかなか見られない、鎌倉に住まう人々の生活の息吹を感じる。古都鎌倉のもうひとつの顔を知れたようで、ちょっぴり嬉しい。

そうこうしているうちに、あっという間に駅の方に出た。

「こっちこっち」

　そうやって辿り着いたのは、小町通りから見て駅の反対側にある御成通り《おなりどお》。若宮大路と並行して、鎌倉駅西口から三百メートルほど続く御成通り商店街は、小町通りに比べると観光色も薄く、やや落ち着いているように見える。最近は色々と新しい店もできてはいるようだが、オシャレな中にも地元民の生活に根ざしている雰囲気が感じられて、なんとも親しみやすい。

　訪れたのは、その中にある一軒の精肉店。木の風合いを活かして作られた和風の入口は、一見すると肉屋には見えない。しかし、ガラス戸の向こうをよくよく見ると、ずらりと鶏肉が陳列されているケースがあるのがわかる。壁には近隣のイベントのポスターなんかも貼られていて、地元の人たちに愛されている店という雰囲気が滲み出ていた。

「らっしゃい！」

　私たちが入るなり、眩しい笑顔で迎えてくれた男性店長の頭上には、ぴん、と立った狐耳があった。彼は、大きな尻尾をゆらゆら振ると、買い出しかいと気さくに声をかけてくれた。

　サブローによると、ここは狐の店主が営んでいる鶏肉専門店なのだそうだ。うっすらピンク色をした鶏肉たちは見るからに新鮮で、惣菜の販売もしており、定番のコロッケやチキンカツが陳列されている。

（……う、美味しそう）

隣で、客がアツアツ揚げたてコロッケに齧りついているのを横目で見ながら、ぐっと我慢しておすそ分けにきたと告げる。すると、店長は意外な顔をして、奥にいる誰かに声をかけた。

「あら！　朔之介さんから？　ありがとう」

現れたのは、大きなお腹をした妊婦さん――店長の奥さんだ。もうすぐ臨月なのだろうか。よたよたと危なげな足取りの奥さんを、店長が気遣ってあげている。奥さんは、私から包みを受け取ると、中身を覗き込んで相好を崩した。

「今日のランチはこれで決まりね」

「そうだな」

ふたりは微笑み合うと、揃って私にお礼を言った。その様子は見るからに親密そうで、私は内心ショックを受けていた。何故ならば――奥さんは、どう見ても人間だったのだ。すると、そんな私を余所に、ふたりにサブローが声をかけた。

「赤ん坊、もうすぐ生まれるんだって？　どっちに似るのかな。奥さんに似たらきっと美人になるだろうし、旦那さん似だったら立派な尻尾を持っているんだろうね！」

「フフフ。私、尻尾がある子がいいわ」

「俺としては君に似ていて欲しいんだけど」

なんとも仲睦まじいふたりに、サブローは陽気に笑うと、私の肩にひょいと飛び乗ってきた。

「そうそう、このお姉さんね。今日から、朔の兄さんと青藍姐さんのところで働くことになったんだよ」

「そうなの？　私も時々お茶を飲みに行くのよ。青藍さんが、女性を雇うとは思わなかったわ。よろしくね」

「……た、橘です。よろしくお願いします」

「フフン、聞いておくれよ。オイラ、ボディーガードなんだぜ。さしずめ、姉さんがか弱い姫君、オイラがそれを守る騎士ってところかな！」

「まあ、サブローったら。張り切っているわね」

私たちは、店主夫婦としばらく談笑した後、店を後にした。

（……ドキドキしてる）

次の場所に向かいながら、少し熱くなった頬を手で冷ます。そして、先導しているサブローに、疑問に思っていたことをぶつけた。

「あの人たちみたいに、人間とあやかしの夫婦ってたくさんいるの？」

すると、サブローは立ち止まりもせずに、とことこと歩きながら言った。

「そりゃ、たくさんいるよ。別にこの辺りじゃあ、あやかしは珍しくともなんともないからね」

「そっか」

——共存。その言葉の意味が、やっとわかってきたような気がする。私は、顔を上げると、鎌倉の町を行く三毛猫の後を追ったのだった。


「いらっしゃいませ！　よくきたねえ。爺ちゃんに挨拶して行きなよ！」

やってきたのは、鶴岡八幡宮に続く若宮大路沿いにある、鎌倉銘菓を販売している菓子店だ。店内は観光客や修学旅行生でごった返していて、大変忙しそうではあったが、店員さんは私が声をかけるとにこやかに対応してくれた。

案内されて、店の奥に一歩足を踏み入れる。するとそこには、巨大な「なにか」が鎮座していた。

（……なんだこれ）

それはどこまでも丸かった。よくよく見ると、全身が羽毛で覆われている。けれど、足も手も頭すらないので、ただの灰色の毛玉にしか見えない。しかし、その存在感たるや、今にも天井に届きそうなほど大きい。

（コレに、どうやって挨拶をしろと……？）

私がひとり固まっていると、店員さんは容赦なくそれを揺さぶった。

「爺ちゃん、起きて。ほらお客さん！」

どうやら、それは眠っていたようだ。ようやく覚醒したらしい灰色の毛玉は、ぶわりと羽毛を大きく膨らませると、もぞもぞと体を動かして——頭頂部からひょっこりと顔を出した。

「ほろっほー」

「……」

――それは、どう見ても巨大な鳩だった。頭を忙しなく動かし、おもむろに灰色の羽毛にくちばしを突っ込む。時折、バタバタと羽ばたくと、辺りにとんでもないサイズの羽が飛び散り、店員さんが散らかさないでと文句を言った。

「クルル……？」

「ひっ！」

真っ赤な丸い瞳でぎょろりと見つめられて、思わず後退る。素早く、それでいて直線的にカクカクと動く鳩の巨大なくちばしが、今にも襲ってきそうで足が震える。

（は、早く用事を済ませて帰ろう……）

私は、使命をまっとうするために、勇気を出して紙袋を差し出した。

「いつもお世話になっています。さ……朔之介さんからのおすそ分け、です」

すると、その鳩はぬうと顔をこちらに近づけると、カクンと首を傾げた。巨大な鳩のくちばしが眼前に迫る。私は悲鳴を飲み込むと、ぎゅっと目を瞑った。すると、なにかふわふわしたものに包まれた感覚がして、恐る恐る目を開ける。

「ほろっほー」

「わっ……」

それはあの鳩だった。何故か私の傍に近寄ってきていた鳩は、卵よろしく私をそのふわふわの羽毛で包み込んで、うっとりと目を瞑っていたのだ。すると、店員さんの豪快な笑い声が聞こえてきた。

「あっはっは！　アンタ、爺ちゃんに好かれたね！　やるじゃない！」

「ええー……」

私は、やけに心地よいその感触に包まれながら、店員さんのよかったねという言葉に、戸惑いを隠せなかった。


「はあ……どうなることかと思った」

店外で待っていてくれたサブローと合流して、今度は鎌倉駅を目指す。残る包みはふたつだ。これでやっと半分……と胸を撫で下ろし、サブローの後をついて歩いて行く。やがて駅の構内が見えてきた頃、りぃんと鈴の音が聞こえて、思わず立ち止まる。見ると、そこにひとりの雲水《うんすい》が立っていた。

雲水は、深く笠を被り、無言で佇んでいる。托鉢《たくはつ》を行っているのだろう。その姿は、どこか独特の雰囲気を纏っており、どうにも近寄り難い。

ここ鎌倉では、こういった雲水の姿を度々見かけることができる。托鉢とは、禅宗の修行僧たちが、日々の糧を得るために行っている修行なのだと、誰かに聞いたことがある。鎌倉では彼らが生活の一部に馴染んでいて、こうやって街角に立っているだけでなく、人々の自宅を訪れてお布施を貰うこともあるのだとか。

　こういう、他ではあまり見ない文化が浸透していることが、鎌倉が古都である所以なのだろう。すごいなあ、なんてのほほんと考えながら、雲水の前を通り過ぎようとする。すると、先ほどまで先導していたはずのサブローが、雲水の前にちょこんと座っているのに気がついた。

「コラ、サブロー。邪魔しちゃ駄目でしょ」

「なに言ってるのさ。次のおすそ分けの相手は、この人だよ」

「えっ⁉」

　思わず顔が引き攣る。私とサブローが話している間も、雲水は黙したままでなんのリアクションもない。

（……やっぱり近寄り難い）

　ごくりと唾を飲み込んで、遠慮がちに雲水の前に立つ。それでもなお、なんの反応も返さない彼に、そっと朔之介さんから預かった包みを差し出した。

「……お、おすそ分けです」

　――りぃん。

　包みを受け取ると、彼はまた鈴を鳴らした。そして、私に向かって深く一礼した。

「財法二施《ざいほうにせ》、功徳無量《くどくむりょう》、檀波羅蜜《だんはらみつ》、具足円満《ぐそくえんまん》、乃至法界《ないしほっかい》、平等利益《びょうどうりやく》……」

　そして、低い声でなにやら唱えると、ゆっくりと顔を上げた。

「……っ！」

その時、ちらりと笠の内部が視界に入り、思わず息を飲んだ。少しこけた頬。薄い唇。すっきりと剃髪された頭。禅僧らしいストイックさを滲ませているその顔の真ん中には――巨大な目が、ぽつん、とひとつだけ存在していたのだ。

なんの感情も宿していないように見える、その瞳。まるで凪いだ湖面のような瞳に、視線が奪われる。私と雲水の間に、目に見えないなにかが繋がっているような感覚を覚えて、途端に動けなくなる。

この瞳を見ていれば、世界の真実の一欠片を知り得るような――そんな、根拠のない確信。澄んだ瞳に囚われてしまった私は、無心でその瞳を見つめ続け、徐々に周囲の喧騒が遠くなっていった。

――りぃん。

また、雲水が鈴を鳴らした。はっとして我に返る。ぞわぞわと全身に鳥肌が立って、慌ててその場から一歩退いた。そして、激しく鼓動している胸を落ち着かせながら、失礼しますと足早に駅に向かったのだった。

「正直、疲れたよサブロー……」

「残ってるのはひとつだけだよ。頑張れ、頑張れ」

サブローに励まされながら最後に訪れたのは、鎌倉駅から電車で一駅の場所にある、北鎌倉駅だ。更に、そこからほど近い、紫陽花《あじさい》で有名な明月院《めいげついん》へと向かった。ここには、境内におよそ二千五百株の紫陽花が植えられていることで知られている。開花の季節ともなれば、かなりの数の観光客で賑わうらしい。しかし、まだまだ四月ということもあり、それほど混み合ってはいなかった。

行列は好きではないので、そのことに安堵しながら敷地内に足を踏み入れる。

境内に入ってすぐに気がつくのは、あちこちで見られる低木の多さだ。おそらく、これが紫陽花の木なのだろう。これだけ数があれば、満開の頃はさぞ見応えがあるに違いない。

（人気があるのがわかるなあ）

時折聞こえてくる鶯の声に和みながら、ゆっくりと境内を進む。すると、山門に続く階段に差しかかったところで、視界から三毛猫の姿が消えているのに気がついた。

「サブロー？」

慌てて辺りを見回すも、ボディーガードの姿はどこにも見当たらない。

（あの子、私を守るって豪語してなかったっけ……!?）

どうにも不安になって、差し入れが入った紙袋をぎゅっと抱きしめる。近くには他の観光客の姿は見えない。道は山門に向かってまっすぐに伸びていて、分かれ道はない。もしかしたら、手前の道で進む方向を間違えたのかもしれない。

総門で貰ったパンフレットを確認すると、どちらに進んだにしろ、道は本堂に向かって続いているようだ。ならば、道なりに行けばいつかはサブローに出会えるだろう。私は深呼吸を何度かすると、意を決して歩き出した。

山々に囲まれているからか、風が吹くと葉擦れの音が降り注ぐように聞こえてくる。境内は、駅周辺とはまた違う雰囲気を持っていて、背筋が自然と伸びるようだ。

――祓い屋に間違われて、あやかしたちに追いかけられたり、罵られたりしないといいわね。

ふと、青藍さんの言葉を思い出して身震いする。途端に心細くなって、周囲を取り巻く空気が、やけに冷たく感じた。

(何事も起こりませんように)

そんなことを思いながら、無言で参道を進んでいく。けれども、そんな願いも虚しく、山門まであと数メートルというところまで辿り着いた時、異変は起こった。

――クスクスクス。

突然、子どもの笑い声が聞こえてきて、思わず足を止める。誰かが私を見ている。

私の一挙一動を監視して、それを面白がっているなにかが――いる。

(早く山門の奥へ!)

息を止めて、周りを見ないように俯き加減になって足を早める。しかし、視界にちらちらと色鮮やかな「青色」が入り込んでくるのに気がついてしまった。

「……？」

不思議に思って、無意識に顔を上げる。そして、途端に後悔した。

——緑の葉の間から、やけに青白い顔をしたおかっぱ頭の少女がこちらを覗いている。それも、ひとりではない。何人も何人も、揃いの青い浴衣を着た少女たちが……それも、まったく同じ顔をした少女たちが、うっすらと微笑みを浮かべながら私を見つめていたのだ。

「……ひっ！」

悲鳴を飲み込んで、慌てて踵を返す。少女たちから離れようと、必死で参道を駆け戻っていると、私の行先を遮るように、あちこちにある低木の間から、少女たちが次々と姿を現し始めた。

『——あなたはだあれ？　鎌倉《ここ》の子じゃあ、ないわよね？』

それは、鈴の転がるような可愛らしい声だった。しかし、その声はどこか冷え切っていて、小さな女の子が発するには、いささか人間味が薄過ぎる。

『お前、なんでわたくしたちが視えているの？　不思議だわ。ああ、もしかして祓い屋かしら。でも、わたくしたち、祓い屋がくるようなことはしていないわよね？』

『もしかして、これ……噂の祓い屋じゃないかしら。あやかしを意味もなく殺めるとかいう……。お前、わたくしたちを殺しにきたの？　まあ、なんてこと‼』

『いやああ！　わたくし、怖いわ‼』

『わたくしだって！』

「ちが……違います！」

否定をしてはみたものの、少女たちは聞く耳を持ってくれない。誤解が見る間に広がっていき、少女たちは、恐怖で顔を引きつらせ、私への嫌悪感を募らせて――可愛らしい顔を、鬼のような醜悪な表情に変えていく。

（逃げなくちゃ）

これは、化け物なのだ。話の通じる相手ではない。このままじゃ、なにをされるかわかったものではない！

総門に行くのは諦めて、反対側に走り出す。山門に向かって、緩やかな階段が続いている。この向こうには、必ず誰かがいるはずだ。

「あっ……！」

すると、恐怖に駆られていたせいか、段差に躓いて転んでしまった。荷物を庇ったせいで、まともに全身を地面に打ちつける。鈍い痛みに顔を歪めて、堪らず目を瞑る。それはほんの一瞬のことだ。けれども、次に目を開いた時には、何人もの少女たちが私を取り巻き、憤怒の表情を浮かべて見下ろしていた。

『これ、どうする？』

『邪魔だもの。殺してしまいましょう』

『そうね、それがいいわ。そうしましょう……』

「い、いやあああああっ‼」

すると、ひとりの少女が、私に向かって手を伸ばしてきた。

――殺される。

しかし、逃げようとしても、どうにも体が上手く動かない。咄嗟に、荷物を体の前に差し出して防御する。しかし、そんなもので身を守れるはずもない。私は絶望に包まれて、ボロボロ涙を零しながらその時を待った。

（アラサーで、婚約者に裏切られたあげく、あやかしに殺害されて死亡とか……！　ううっ、こんなことなら、あの浮気野郎を一発ぶん殴っておけば……って）

「……あれ？」

――何故だろう。いつまで経っても、痛みも衝撃も襲ってこない。もしかしたら、私を殺すのを止めてくれたのだろうか。けれど、周囲の状況を確認するのも怖い。そんなことをつらつら思っていると、ふいに誰かに荷物を取り上げられた。

『うん。やっぱりこれ、朔之介のご飯だわ！』

『きゃあ、おすそ分けね？　おすそ分けだわ！』

恐る恐る顔を上げてみると、先ほどまで怖い顔をして私を囲んでいた少女たちが、満面の笑みを浮かべて紙袋を覗き込んでいるではないか。すると、急に近くの茂みが動いて、そこから見たことのある猫が顔を出した。

「あれ、ここにいたんだ～」

「さ、サブロぉぉぉ……！」

「な、なんだよう！　どうしたんだよ、詩織姉さん」

近寄ってきた三毛猫を思い切り抱きしめて、もふもふの毛に顔を埋める。

「一体どこに行っていたのよ！　怖かったんだからね！」

「えへへー。知ってる？　この上に兎小屋があるんだ。それを見に行ってた」

「……絶対に許さない。騎士失格。青藍さんに言いつけてやるんだから」

「うにゃ⁉　それだけは勘弁しておくれよ！　青藍姐さん、怒ると怖いんだよう！」

真顔で、サブローのよく伸びる頬を引っ張る。すると、サブローは気まずそうに視線を逸らすと、苦し紛れに言った。

「そんなに怒らないでよ。ほら、おすそ分けの相手にも無事に出会えたわけだしさ」

「全然、無事じゃないけどね⁉」

私は大きくため息を零すと、サブローを解放してやった。どうやら、あの少女たちが最後の相手だったらしい。なにはともあれ危機は去ったようだ。……が、全身に擦り傷ができて、正直動くのが億劫だ。どうしようかと途方に暮れていると、少女たちが私に声をかけてきた。

『あなた、朔之介のお友だちだったのね？　脅かして、ごめんなさい』

『ごめんなさい』

『ごめんなさい……』

幼気な少女たちに頭を下げられて、途端にバツが悪くなる。ひらひらと手を振りながら、きちんと事情を話せばよかったのに、怖がってばかりいた自分も悪いのだと言うと、少女たちの顔が見る間に明るくなった。

サブローによると、彼女たちはここ明月院の紫陽花の精なのだという。明月院の紫陽花の歴史は、それほど長いものではない。第二次世界大戦後に、人も物資も足りない時代にあって、杭のかわりに「手入れが簡単だから」という理由で植えられたのが始まりらしい。

普通、植物があやかしと成るためには、もっと長い年月が必要なのだそうだ。けれども、彼女たちは今日までたくさんの人に愛でられてきたおかげで、あやかしとしての生を得ることができた。だからなのだろう、彼女たち紫陽花の精は、己の見かけにやけに自信満々だった。

『でも残念ね。あとふた月もすれば、わたくしたちの季節だったのに』

『雨の季節になれば、桜なんて目じゃないわ。わたくしたちが主役だもの』

『みんな褒めてくれるの、綺麗、可愛い、素敵って』

――どうも、自分たちの盛りの姿を、新参者である私に見せたかったようだ。けれども今はまだ春。梅雨の時期には少々早い。すると、少女たちは私に尋ねた。

『今は見られないけれど、わたくしたちの美しさは、あなたも知っているわよね？』

「んー……」

正直、これには困ってしまった。紫陽花を見たことはもちろんあるけれど、薔薇やチューリップなどに比べれば、それほど印象に残っていなかった。嫌いな花ではないが、特段好きだというものでもないから、思い入れもない。梅雨の時期に町で見かけるな、くらいのものだ。

『わたくしたち、綺麗？』

少女たちは、私の袖を指先で引っ張ると、甘えた声を出して答えを要求してきた。

その場にしゃがんで、近くにいた少女の瞳を覗き込む。先ほどまではあんなに怖かったのに、自分に害をなさないとわかると途端に可愛く思えるから不思議だ。こんな可愛い子に嘘を付くのは忍びない。ここは大人として、真摯に答えるべきだろう

……そう思って、正直に告げた。

「実は私、あんまり紫陽花を見たことがなくて。ごめんね。綺麗かどうか、ちょっとわからないなあ」

『……そうなの？』

「それに、明月院も初めてきたの。梅雨の時期には見にくるから、許してくれる？」

その瞬間、紫陽花の精の目の色が変わった。それは比喩でもなんでもない。白目が消失し、闇が侵食するように、目全体が黒く染まったのだ。

すると、可愛らしい少女が途端に化け物じみて見えて、思わず尻もちをついてしまった。どうにも逃げたくなって、上半身を反らす。すると、紫陽花の精は小さな手で私の顔を鷲掴みにすると、思いのほか強い力で自分の方へ引き寄せた。

間近に迫った幼い顔に戸惑っていると、彼女は見かけの割にやたら艶っぽく、そして慈愛に満ちた笑みを浮かべて言った。

『目を閉じて』

その言葉と共に、小さな手が私の視界を塞ぐ。

――コツン。

なにか硬いものが額に触れた。おそらく少女の額だろう。するとその瞬間、周囲の空気が明らかに変わった。春の麗らかな空気から、しっとりと濡れたような空気へ。しとしとと水滴が落ちる音が鼓膜を震わせ、ひんやりとした風が頬を撫でた。

ゆっくりと目を開ける。その時には、少女は私の前から消えていた。けれども、私はそれを気にする余裕がなかった。何故ならば、眼前に広がる光景に見惚れてしまっていたのだ。

「……これは」

それは、盛りを迎えた紫陽花畑の幻。濃緑の葉が一面に茂り、雨が降った直後のように、辺り一面がしっとりと濡れている。葉の上には透明な雨粒が残り、キラキラとまるで宝石のように煌めいている。濃緑に囲まれて存在を主張しているのは、目が醒めるような深い青。明月院ブルーと呼ばれるその色は、濡れて一層鮮やかになった葉の緑色に負けることはなく、くっきりと浮かび上がり景色を彩っていた。

ほう、と熱い息を漏らす。夏の空を切り取ったような爽やかさを含む青色は、これから訪れるであろう暑い季節を予感させてくれ、ずっと見ていても飽きない。じん、とその美しさが胸に沁みて、私は、知らず知らずのうちに、涙を浮かべていた。

『おねえちゃん。わたくしたち、綺麗？』

おずおずと、紫陽花の精たちが近づいてくる。私は彼女たちをぼんやりと眺めると、賛辞を贈るべく口を開こうとして……また、閉じた。

この感動をどう言い表せばいいか、正直わからない。この胸の高鳴りを、私の中にある語彙《ごい》ではとてもではないが表現できそうにない。でも、不安げに見つめてくる彼女たちの期待には応えたい。こんな素晴らしい景色を垣間見せてくれた彼女たちに、真摯な思いを伝えなくては。

私は少し考え込むと——シンプルな言葉に、ありったけの気持ちを込めて言った。

「今まで私が見た花の中で、一番綺麗だよ」

すると少女たちは揃って頬を紅潮させて、破顔した。

『あなた、とっても素直ないい子ね。約束して。梅雨の時期には、絶対に遊びにくるのよ。本物は——もっと、もおっと綺麗なんだから」

そう言って、少女たちはクスクスと笑ったのだった。

しばらくして、景色が春に戻った頃。私は、カフェに戻るために歩き出した。すると、私を総門まで見送るのだと、紫陽花の精たちがワラワラと追いかけてきた。

「あ、そうだ」

ふと気になって、紫陽花の精たちにおすそ分けの中身を尋ねる。すると、少女たちは快く教えてくれた。

「これは春のおすそ分け。一年の始まりを告げる、輝く季節の欠片よ」

カフェに戻ると、朔之介さんは酷く驚いた様子だった。何故ならば、私があまりにもボロボロだったからだ。

「だ、大丈夫かい？　休んでいた方が……」

「これくらい平気ですよ。手当てもしましたし、まだまだお昼でしょう？　勤務初日から休むわけにもいきませんから」

「……そうかい？」

張り切る私に、朔之介さんはなおも心配そうな視線を送ってくる。ちなみに、怒られる気配を感じたのか、サブローはさっさとどこかへ行ってしまった。猫というものは、本当に自由な生き物だ。

そろそろランチタイムが始まる。本格的に混み合う前にと、朔之介さんがまかないを作ってくれることになった。

「私も手伝います！」

「ありがとう。食べたいものはあるかい？」

なにがいいかな、と考えを巡らせる。けれども、すぐにアレのことを思い出して、私は、笑顔を浮かべて言った。

「私にも、春のおすそ分けが欲しいです！」

するると、朔之介さんは一瞬、目を見張ると——白い歯を見せて笑った。


私と朔之介さんは、早速キッチンに立って「春のおすそ分け」作りを始めた。

「具材は、朝の残りがあるから、それを使って仕上げていこう」

彼がそう言って手にしたのは、山菜を煮た具材だ。筍と人参、油揚げを、だし汁と酒、みりん、砂糖、淡口醤油で煮ておいたもの。

「筍がたっぷりですね。嬉しい！」

「大きくて、新鮮な筍が安く買えるのは、春ならではだよねえ」

そういえば、レンバイにも多くの筍が並んでいた。朝採れの筍は、アクが少なく癖がない。お刺身として、お醤油とわさびで食べても美味しいらしい。思わず唾を飲み込むと、「今晩のまかないに出してあげよう」と言われてしまい、嬉しいやら、食い意地を見破られたのが恥ずかしいやらで、曖昧に笑って誤魔化した。

続いて、朔之介さんは冷蔵庫からフキを取り出すと、下ごしらえを始めた。これもレンバイで購入したものだ。葉を落としたフキを、まな板の上に塩を振って、その上で転がす。そうすると茹でた時に色鮮やかになるのだそうだ。沸騰させたお湯に、鍋に入るくらいの長さに調整したフキの茎部分だけを入れて少々待つ。すると、フキは新緑を思わせる色になった。

「わ、綺麗！」

「あとは氷水に取って、筋を取ったら、五センチ幅くらいに切るだけだね」

朔之介さんの手際は本当に見事で、迷いがない。今日一日、いろんなあやかしに会ったけれど、彼らが一様に朔之介さんのおすそ分けを喜んだ理由がわかる。

さくさくと進む調理。しかし、私は横で眺めているだけだ。なにか私にも手伝えることはないかと、すし酢を作り始めた朔之介さんに尋ねた。

「あ、ごめん。つい、いつもの調子で進めてしまったよ。そうだな……じゃあ、錦糸卵をお願いしてもいいかな」

「……錦糸卵というと、あの薄焼き卵を細く切った」

「うん。卵液はコレ。卵に砂糖、後は塩をちょっと入れたものだよ。甘い卵は平気？」

「だ、大丈夫です」

私は無理やり笑顔を浮かべると、朔之介さんからボウルを受け取った。じっと、ボウルの中で揺れる卵液を見つめる。さて、どうしてやろう。

「……？　どうしたの？」

「え⁉　いや、別になんでもありません！」

怪訝そうな朔之介さんを余所に、慌てて自分の作業に入る。大丈夫かな。いやいや、卵を焼くだけだ。それくらい、誰だってできる。コンロの火力は充分。卵焼き器に油をたっぷり引けば準備万端。やれるさ、私にだって……玉子焼きくらい‼

私は気合を入れて、お玉で掬った卵液を卵焼き器に流し込んだ！


「ええと」

朔之介さんが顔を引き攣らせて、卵焼き器を覗き込んでいる。

「どうしてこうなったのかな」

「ううう……」

気がつけば……卵焼き器の中には一枚の海苔が入っていた。いや、海苔じゃないけれど。海苔というか、卵というか……卵と海苔って親戚かなにかかしら。

「橘さん、料理は」

「実はあまり」

じっと朔之介さんと見つめ合う。彼は私から視線を逸らすと、少し遠くを見た。

「……橘さんは、盛り付けを手伝ってくれる？」

「センスがないことに定評がありますが、精一杯務めさせていただきます」

「僕の指示通りに頼めるかな！　個性を発揮するのは追い追いで！」

「はい‼」

渋い顔をしている朔之介さんに、元気に返事をする。実のところ、料理は苦手だ。

フライパンや鍋の中身が、知らぬ間に消し炭になる能力を持っているらしく、上手く行った試しがない。母親は料理上手なのに、どうして娘にそんな特殊能力が備わったのか……謎は深まるばかりだ。

（……もしかして、これも彼氏に浮気された一因なのかな……）

ずうん、と気分が沈む。若くてピチピチで料理上手の女の子が現れたら、そりゃあそっちに靡くだろう。そもそも、自分から手伝いを申し出ておいて、失敗するなんてと落ち込んでいると、朔之介さんが肩を震わせて笑っているのに気がついた。

（まさか、あまりの惨状に笑うしかなくなったとか⁉）

ショックを受けていると、朔之介さんは滲んだ涙を拭ってから言った。

「笑っちゃってごめん。僕が料理を始めた頃を思い出してしまってね。あの頃、僕もいろんなものを焦がしたなあ」

「えっ！　朔之介さんが？　信じられません。こんなに上手なのに」

「まあね。これでも料理歴は半世紀以上なんだ。なにせ、鬼だからね」

そう言って、朔之介さんは額の角を指差した。天に向かって突き立った両角は、先端が群青色をしている。彼の見た目が若いこともあって、なんとなく同い年くらいのような気がしていたけれど、当たり前だが随分と年上らしい。

「だから、そこいらの若い奴らよりはずっと経験がある。上手いのは当たり前さ。でも料理をし始めた当時は、随分と青藍に怒られた」

当時を懐かしむように目を細めた朔之介さんは、柔らかな笑みを浮かべて言った。

「誰しも最初は苦労するものだよ。別に失敗を恥じることはない。これから、たくさん練習すればいいいさ」

「……っ！」

朔之介さんの言葉に、じんと胸が熱くなる。

(私にも……上手に料理ができる日がくるだろうか)

優しい言葉をくれた彼となら、そんな日がくるのかもしれない。途端に嬉しくなって笑みを零すと、若干調子に乗って言った。

「頑張るので、手取り足取り教えてくれると嬉しいです。よろしくお願いします！」

「え……手取り足取りはちょっと……」

「うっ⁉」

――そういえば、朔之介さんは女性が苦手でしたね⁉

私は、がっくりと肩を落とすと、調子に乗ったことを心底後悔しながら、失礼しましたと素直に謝ったのだった。

「さあ、もう少しだね。後は混ぜるだけだ」

「はい！」

朔之介さん作の見事な錦糸卵にほうと見惚れつつ、最後の仕上げに入る。

　先程の筍やら人参やらを煮たものをもう一度温め直し、そこに下ごしらえしたフキを入れて、一分ほどさっと煮る。次に、硬めに炊いたご飯を飯台に入れて、すし酢を回しかけた。

「扇ぐのはお任せください！」

「そ、そう？」

　戸惑っている朔之介さんを余所に、気合を入れてうちわを動かす。そうして、人肌くらいまでにご飯が冷めたら、そこに汁気を切った筍、人参、油揚げ、フキを混ぜ込む。最後に、春らしい材料をもう一品。

「わあ！　しらす！」

「やっぱり、春はコレだよね」

　真っ白ふわっふわ。山盛りになった釜揚げしらすをご飯に混ぜ込んで、しゃもじで切るようにして混ぜる。筍、フキ、しらすで、海と山の春の幸が揃い踏みだ。すると、しらすについて、朔之介さんがこんなことを教えてくれた。

「しらすって、一月から三月までは禁漁なんだ。だから、四月になって初物のしらすが出回ると、すごく嬉しくなるんだよね」

「だから、みんなにしらすを使った料理のおすそ分けを？」

「……ハハ。お節介だけどね、みんな食べたいかと思って」

　最後に錦糸卵を散らし、木の芽を飾り付ける。すると、ご飯の上が菜の花畑のように色鮮やかになった。

これで完成——筍としらすの春ちらし！

早速、食べることにする。すると、いつの間に作っていたのか、朔之介さんが貝のすまし汁を出してくれたので、感激してしまった。

「朔之介さんをお嫁さんにしたい」

「なにを言ってるんだい」

——おっと、本音がつい漏れてしまった。

苦笑している朔之介さんに見守られながら、貝の旨味たっぷりの汁をひとくち。そのあまりの美味しさに頬を緩めて、今度はちらしに箸を付けた。

錦糸卵と木の芽の花畑の下には、満遍なく具材が混ざった酢飯。混ぜ具合が絶妙なのか、しっとりしているのに水っぽくはなく、ひとくちでいろんな味が楽しめそうな予感に胸が躍る。

「美味しい‼」

ご飯を噛みしめると、もっちりした歯ざわりに絶妙な酢加減。しゃくっとしたフキの食感がなんとも楽しく、ほんのり残った苦味は春の味。それに、こりこりっとした食感は筍だ。噛むごとに旨みの詰まった汁が溢れてきて、出汁の香りが広がる。そしてなによりも、際立っているのがしらすの旨み。すべての具材と米の味に、しらすのそれが加わると、脳天がしびれるほどに美味しい！

「んん～……！　春ですねえ」

口の中で繰り広げられる春の饗宴。それは、へとへとに疲れ切っていた体を、じんわりと癒やしてくれた。

「みんなもそろそろ食べている頃でしょうか。きっと喜んでいるんだろうな……！」

おすそ分けを届けたあやかしたちの顔を思い出す。こんなに美味しいものを、いつも分けて貰っているだなんて、羨ましい限りだ。すると、そんな私を見ていた朔之介さんが、おもむろに口を開いた。

「ああそうだ、今日訪ねた先々はどうだった？」

「ええと……少し怖いこともありましたけど、みんな優しくて。ご挨拶もできたので、よかったです」

私がそう言うと、朔之介さんは満足そうに「それはよかった」と頷いていた。

そこで、はたと気がつく。もしかしたら――今日のおすそ分けは、私の顔見せの意味もあったのではないだろうか。そのことを尋ねると、彼は、照れ臭そうにはにかみながら肯定した。

「そ、そうですか。私のために……ありがとうございます」

まるで、春のように温かな彼の気遣いが嬉しくて堪らない。こんなに親切にされたのは、いつぶりだろう。脳裏に浮かぶのは、元婚約者からの拒絶の言葉と、部屋を追い出されて、途方に暮れてしまったあの日の涙。そのことで受けた傷が、徐々に癒されていくようだ。

「私、お役に立てるように、これから頑張りますね。接客も、お料理も」

「うん。わからないことがあったら、なんでも言って。料理は——しばらくは一緒にやろうか。少しずつ上達していこう」

「はい！　ありがとうございます！」

ふたりで微笑みを交わす。不安だった鎌倉での新生活。今回のことで、なんとなく上手く行きそうな予感がして、ひとり胸を撫で下ろしていると——そこに寝ぼけ眼のサブローがやってきた。

「仲良くなったみたいでよかったよ。そういえば、詩織姉さん。頑張るのはいいんだけどさ。のんびりしてていいのかな。きっと、これから大変だよ」

「どういうこと？」

するとサブローは三本の尻尾をゆらゆら揺らして、得意げに話し始めた。

「紫陽花の精と会っただろ？　あの時、アイツらをものすごく褒めてたじゃないか」

サブローいわく、紫陽花の精はとてもお喋りなのだそうだ。あの少女たちは、きっと、今日褒められたことを他の花の精に自慢しまくるに違いないという。

「花の精って、揃って自尊心が高いんだ。他の花の精も、自分も褒めて欲しいって、ぞろぞろやってくるんじゃないかな。それで、満足行くまで褒め言葉を強要される。ああ、大変だろうね……」

「な、なにそれ……⁉」

すると、朔之介さんまで、気の毒そうな視線をこちらに向けた。

「あー……花の精を褒める時は気をつけなきゃね」

「さ、先に言ってくださいよ～‼」

「いやあ、気がつかなくて」

どうやら、花の精を褒める際は覚悟しなければならない、というのはこの辺りでは常識らしい。そんなこと、ちっとも知らなかった私は、半ば自棄になって残ったちらしをかき込んだ。

（……ああ、しらすが美味しい……って、あれ？）

その時、はたとあることに気がつく。今日おすそ分けした相手に、雲水がいる。彼は禅宗のお寺に所属しているはずだ。禅宗では、肉や魚を食べなかったような――。

「朔之介さん！　大変です！」

真っ青になって、彼にそのことを告げる。すると、朔之介さんはからからと笑って、大丈夫だと教えてくれた。

「あれは普通のお坊さんじゃないからね。所謂――生臭坊主って奴さ。鎌倉で暮らすなら、これから、あやかしについても徐々に学んでいかなくちゃね」

（なにそれ……⁉）

どうやら、思ったよりもあやかしの世界というのは複雑らしい。

鎌倉での新生活は、想像以上に前途多難かもしれない——。

私はがっくりと項垂れると、あやかしって怖い、よくわからないと、今更ながらに思ったのだった。

二章　我儘なお客と、特別なパンケーキ

エプロンを締めて、髪は軽く結って。気合を入れて腕まくりをする。

そんな私を、朔之介さんと青藍さんが心配そうに見つめている。

「フライパン、焦がさないでよね？」

「わかってます！」

青藍さんの言葉に鼻息も荒く答えると、私はそれに向かい合った。

今日こそは、みんなの役に立ってみせる。

胸を張って、この店の一員であると言えるように……！

深呼吸をして、準備万端。気合も充分に調理に取りかかる。

――さあ、作ろうじゃないか。彼女が「食べたことのないパンケーキ」を！


しとしとと雨が降り続いている。桜の季節はあっという間に過ぎ、葉桜が町を彩る鎌倉に、まるで霧のような細かい雨が降り注いでいる。自室の窓際に座って、すっかり花が散ってしまった枝を眺める。こんな雨の日は、流石にあやかしも外出を控えるのだろう。特に変わったものは見えない。

『――聞いているの、詩織。最近どうなの？』

「平気だって。楽しくやってる」

電話の向こうから母の心配そうな声が聞こえる。急に仕事を辞めて、住み込みで働き始めた娘が気がかりなのだろう。やたら、あれこれ聞き出そうとしてくる。

『ほんと、いい会社に入社したってのに、もったいないわよね。律夫《りつお》さんのことだって……。あの人、本当に浮気したの？　アンタがなにかしたんじゃないの？』

母の言葉に、頭にカッと血が上る。

「……私がなにかするわけないでしょ！　馬鹿なこと言わないでよ‼」

私は途端に不機嫌になると、また連絡すると言って電話を切った。そして、窓に付いた雨粒を眺めながら、盛大にため息をついた。

（どうしてこうも、上手くいかないのだろう）

胸の中のモヤモヤを振り払うように、勢いよく立ち上がる。そして部屋を出ると、階下にあるカフェスペースへと向かった。

ギシギシと軋む音を立てる階段をゆっくりと降りて、ひょいと店内を覗き込む。今日は定休日。なので、客の姿はない……はずなのだが、奥にある座敷席には大きな影がひとつあった。

畳四畳分ものスペースを占領しているのは、巨大な女性の生首だ。おしろいを塗って、鮮やかな紅を差し、黒々とした髪を畳の上に散らしているそのあやかしは「大首」という。すると、誰かのぼやきが聞こえてきた。

「いつになったら帰るのかしら」

それは、この店のオーナーである青藍さんだった。大首が店に居座るようになって早二日。彼の機嫌は、悪化の一途を辿っている。今日の青藍さんは、紫陽花を思わせる鮮やかな青紫色の着流しを着ていた。けだるげで、それでいてどこか妖艶な雰囲気を醸し出している彼は、猫又だ。青藍さんはこの辺り一帯を取り仕切っているボス的な存在らしく、店には毎日多くのあやかしが訪れる。大首もそのひとりだった。

青藍さんは、まだ早い時間だというのに、苛立ち任せに次から次へと杯を空けて、頬を酔いで染めている。そのせいか、彼特有の女性っぽい口ぶりが、普段よりも大分刺々しい。

「あら詩織ちゃん、今起きたの。ねえ、でかい生首が転がっているカフェって、どう思う？　営業妨害もほどほどにして欲しいものだわ」

「は、はあ。そうですね……」

ブツブツと文句を言っている彼に曖昧に微笑み、ちらりと座敷席を占領しているあやかしに目を向ける。紫陽花の精の件以来、私は彼らのことを知るべく、出会った相手について調べるようにしていた。なので、大首に関しても若干の知識がある。

大首というあやかしの姿は、鳥山石燕《とりやませきえん》の『今昔画図続百鬼《こんじゃくがずぞくひゃっき》』で見ることができる。

「大凡《おおよそ》物の大《おほい》なるもの皆おそるべし。いはんや雨夜の星明りに鉄漿《かね》くろぐろとつけたる女の首おそろし。なんともおろか也」と、石燕が本の中で述べたあやかしは、一般的に鉄漿——お歯黒をした既婚女性の生首で描かれることが多い。なにをするのあやかしかというと、なんのことはない。突然落ちてきたり、転がってきたりして人間を驚かせるだけだ。

けれど、目の前の大首は自分の「仕事」をまっとうする気は、今のところないらしい。人間に見られていても構わず、バリバリと大量の袋菓子を食らい、辺り構わずゴミを散らかしている。その姿はまるで、自分の内に溜まった鬱憤を晴らそうとしているかのようだった。

「――アンタねえ、なんで、市販の菓子が食えてコレが食えないのよ！　さっさと食べて帰りなさいよ！」

青藍さんは青筋を浮かべつつ、もう何度目か分からない忠告をした。

彼の指差す先には、テーブルの上に並んだ、いくつものパンケーキの皿があった。

しかし、大首はそれには一瞥もくれずに、持ち込んだお煎餅を乱暴に噛み砕くと、ふんとそっぽを向いてしまった。

「こんなありきたりのもの。私、食べたくないわ」

「ありきたりですってぇ!?　せっかく朔が作ったのよ！　謝りなさいよアンタ！」

「嫌よ。絶対に嫌！」

大首は、真っ白な歯を剥き出しにすると、まるで悲鳴のような甲高い声で叫んだ。

「私は、私が『食べたことのないパンケーキ』を食べたいの！　こちとら客なのよ！

早く持ってきて頂戴。それまで、一歩もここから動かないんだから！」

あやかし「大首」――巨大な生首だけの彼女が、私たちに突きつけた難題。

「食べたことのないパンケーキが欲しい」

彼女にそう言われた時、私たちは困惑するほかなかった。目の前のあやかしが今までどういうものを食べてきたのかなんて知らないし、具体的な内容を尋ねても、彼女はなにも教えてくれなかったからだ。

とりあえず、元々メニューにあったものを提供してはみたけれども、それは大首の求めるものではなかったらしい。口を付けて貰うことすらできなかった。

その後、朔之介さんとふたり知恵を絞って、トッピングを変えてみたり、普段とは違う小麦粉で作ってみたりと、色々と工夫を凝らしてみた。しかし、どうにも上手くいかない。テーブルの上には食べて貰えなかった可哀想なパンケーキたちが増えていくばかりで、途方に暮れてしまった。

「あのデカ生首、どうしてくれようかしら……」

「まあまあ」

「アレが席を占領しているせいで、普段より客が入れないのよ。これじゃあ、商売上がったりよ！」

「青藍、落ち着いて」

「だって、朔ぅ！　あ～もう、イラつくわ！」

青藍さんは勢いよく酒を注ぐと、喉を鳴らして一気に飲み干した。そして、酔いにほんのりと頬を染めて、じろりと私を睨みつけた。

「ねえ、詩織ちゃん。なにかいいアイディアはないわけ？」

「うっ……。す、すみません」

「あっそう、ないの。……まったく！　腹立たしいわ」

青藍さんはそう言うと、コップにまた酒を注いで呷り、貧乏ゆすりを始めた。

……また、失望されてしまった。

いたたまれなくなって、しょんぼりと肩を落とす。

（私、役に立てているのかな）

ここ数日、私は失敗続きだった。なにせ接客業なんて、学生の頃のアルバイトぶりだ。一日中立ちっぱなし、途切れないお客、あちこちからかけられるオーダー……。慣れないカフェの仕事にあたふたして、色々と失敗してしまった。朔之介さんの負担を減らすべく料理にも挑戦してみた。けれど、すべてまる焦げ。店の調理器具をいくつも駄目にしてしまった。

『平気だって。楽しくやってる』

強がって母にそう言ったものの、正直なところ、不安でいっぱいだった。

――アラサーで、新しいことを始めるというのは、なんて大変なんだろう！

若い頃ならすぐに順応できたであろうことが、なかなか上手くいかない。前職ではそこそこできていたのに、職種が違うとこうも勝手が違うのかと愕然とした。まだまだ自分は若者のカテゴリにいて、新しいことも卒なくこなせると思っていたのに、どうしてこうなってしまったのか……。

「……本当にすみません」

重ねて謝って、がっくりと項垂れる。若い頃なら、自分に合わないんだと割り切って、新しい職へ……なんて考えたかもしれない。でも今は、一度始めたことは、きちんとやり遂げたい。アラサーだもの、自分のことはよく理解している。大丈夫、できるはず。慣れるまでの我慢だ。

「失敗ばかりして、ただでさえご迷惑をおかけしているのに。もっと、お役に立てるよう、努力します」

——それでも、どうしようもなく不安になるのは、若い頃と変わりない。ウダウダ思い悩んだあげく、落ち込むはめになるのは仕方のないことだ。

「えっ⁉　なに、どうしたわけ⁉」

するると、私を見た青藍さんが、急にオロオロし出した。椅子から腰を浮かして、宙に手を彷徨わせている。彼の青ざめた顔というのは初めて見るので、思わずきょとんとその様子を見つめる。動揺している青藍さんからは、先ほどまでの刺々しさはすっかり抜けて、いつもの陽気なオネェさん、と言った様子だ。

　すると、私たちの様子を見守っていた朔之介さんが、盛大にため息をついた。そして、青藍さんの肩に手を置くと、少し冷たく聞こえる声で言った。

「はい、青藍。謝って」

「え？　ええ？　どういうことよ、朔ぅ！」

　青藍さんはわけもわからず困惑している。すると、朔之介さんは青藍さんの顔を私の方に無理やり向けると、心底呆れ気味に言った。

「今の言い方じゃあ、まるで橘さんを責めているみたいじゃないか」

「――あっ！」

　すると、青藍さんの頭の天辺からぴょんと黒い猫耳が飛び出した。そして、私をまじまじと見ると、まるでムンクの叫びのように両手で頬を挟んだ。

「アタシったら！」

　そう言って、いきなり私との距離を詰めると、両頬を摘んできた。

「ふえっ⁉」

　唐突のことに困惑していると、青藍さんは、形の良い眉を寄せて言った。

「誤解させちゃったわね。別に責めるつもりはなかったの。悪かったわ」

「え？　あの、その」

「言い方がまずかったわね。気にしないで。八つ当たりしちゃったみたい」

　そして、頬から手を離した青藍さんは、ひどく優しげな表情を浮かべると、私の頭をゆっくりと撫でながら言った。

「『お役に立つ』だなんて、大げさね。アンタは充分役に立ってる。それに、誰だって最初は苦労するものよ。落ち込む必要なんてないわ。ゆっくりやりましょ」

――誰だって、最初は苦労するもの。それは、どこかで聞いたことのある言葉だった。私は何度か瞬きをすると、小さく笑みを零した。

「この間、朔之介さんにも似たようなこと言われたんでした」

「あら、そうなの？　そりゃそうよ、これはアタシが、朔之介に何度も繰り返して言い聞かせたものだから。じゃあ、ふたりに言われたんなら、もうクヨクヨしないって約束できる？　アタシ、しみったれた顔って大嫌いなのよね。だから……」

青藍さんは悪戯っぽい笑みを浮かべると、私の顎をくいと持ち上げた。

「いつまでも暗い顔してたら、頭から齧るわよ」

「目が本気⁉」

「オホホホホホ！　たまには人間を味わうのもいいわよね！」

青藍さんは冗談とも本気ともつかないことを言うと、今度は私の目をまっすぐに覗き込んで、お月さまみたいに綺麗な瞳をうっすらと細めた。

「――可愛い可愛い人間のお嬢さん。アタシから見れば、アンタはまだまだよちよち歩きの赤ん坊みたいなものなんだから、失敗に目くじら立てたりしないわよ。素直に甘えなさい。人間は成長する生き物なんだから、焦っちゃ駄目」

「……はい」

小さな声で返事をする。すると、青藍さんは笑顔で頷くと、一升瓶を手にカフェの奥に去っていった。

彼の後ろ姿を見送って、熱くなった頬を手で冷ます。

まるで子どもみたいに扱われて、泣く子どもをあやすみたいに慰められた。

……ああ、なんて懐かしい感覚だろう。それはとても擽ったくて、恥ずかしくて。でも、不思議と悪い気分はしなかった。

すると、隣に朔之介さんがやってきた。

「僕がいるからさ。安心して」

かけられたのは、なんともシンプルな言葉。飾り気がないが故に、その言葉は私の胸に深く響いた。

（――あ、泣きそう）

ふいに、じわりと涙が滲んできて、慌てて袖で拭う。よくよく考えると、こういう風に励まして貰ったのも久しぶりだ。誰かを励ましたり、慰めたりするばかりで、自分のことは疎かになっていた。

それはまるで、ふわふわの羽毛に包まれて、大事に大事に温められているような。忘れかけていた「誰かに育てて貰う」感覚――。

この歳になって、こんな気持ちになるだなんて、思いもしなかった。

「私、もっと頑張りますね」

「まったくもう。橘さんは、真面目だね」

朔之介さんはやや呆れ気味に笑っている。

私は「へへ……」と普段より少し子どもっぽい笑みを浮かべると、小さく息を吐いて思考を切り替えた。

「私のことは置いておいて——パンケーキの問題をなんとかしないと。これから時間ありますか？　よかったら、対策を練りたいんですが……」

「そうだね。できれば、今日中に解決したい。そろそろ、青藍が限界だ」

しかし、すぐにいいアイディアが浮かぶはずもなく。ふたりしてウンウン唸っていると、するとそこに、扉が開く音と、やけに陽気な声が聞こえてきた。

「なんだいなんだい、揃いも揃ってしみったれた顔をして。雨だからかな。雨はじめじめして嫌だよねえ！」

「定休日」の札がかかっているはずの扉を、遠慮なしに開けて入ってきたのは、竹の笠を被り、でんでん太鼓柄の着物を着た少年だ。ぺちゃっと潰れた鼻に、小さな目。真っ赤になった頬は、なんとも垢抜けない。腰には屋号が染め抜かれた前掛けを着けていて、如何にも時代劇で見る丁稚奉公らしい恰好をしている。そんな彼は、やけにご機嫌な様子で私に近寄ってきた。

「なにやら行き詰まっているようだね？　雨の日に頭が回らないのは至極当然なこと

さ。そういう時は、休憩だ。栄養を摂取して、鈍った脳を叩き起こすんだ。そら、休憩にぴったりのものがここにある――」

その少年は、見かけによらず気障な物言いをすると、手に持っていた袋を掲げた。

「――さあ、豆腐を食おう。こういう時は、豆腐を食うに限る」

これが、私と豆腐小僧の出会いだった。


行き詰まっていることは確かだったので、豆腐小僧の勧めに従って休憩することにした。食器を準備していると、誰かの視線を感じて動きを止める。

視線の主を確認すると――それは、ニヤニヤと嫌な感じの笑みを浮かべた豆腐小僧だった。

「へえ、君がここの新しい従業員」

豆腐小僧から注がれるあまりにも不躾《ぶしつけ》な視線に、ムッとしつつも頷く。すると彼は、ふうんと意味ありげに目を細めると、いきなり縁側の方を指差した。

「せっかくだ、君の話を色々と聞かせてくれたまえ。ああそうだ、庭を眺めながら食べるのはどうかな。縁側に座ろう。僕は、あそこがたいそうお気に入りなんだ」

豆腐小僧の提案に、はあ、と生返事をする。すると、豆腐小僧はニッとなんとも幼い笑みを浮かべた。

カフェの敷地内には、それなりに広い庭がある。そこには色々な庭木が植えられていて、木々の合間を縫うようにして小路が整備されている。一見すると、ぼうぼうと下草が生えているようにも見えるが、絶妙なバランスで花々が顔を覗かせており、計算づくで造られた庭なのだと感心する。今は、桜の開花時期から花をつけ始めた石楠花《しゃくなげ》がちょうど見ごろを迎えていて、仲良さげに密集した白い花が、新緑色の庭で一層際立っていた。

カフェの縁側は、そんな庭に面して造られており大変眺めがいい。天気のいい日には、クッションとミニテーブルを置いて、そこを急造の客席とするくらいだ。流石に本降りのうちは辛いが、ちょうどいい具合に小雨になってきた。少し濡れてしまうかもしれないけれど、縁側に席を整える。

豆腐小僧が持ってきてくれたのは、作りたてのおぼろ豆腐だ。

おぼろ豆腐とは、寄せ豆腐とも呼ばれていて、豆乳に、にがりを入れて圧縮する前のもの。ガラスの器に入れられた純白のそれは、手に持っただけでふるふると震え、如何にも柔らかそうだ。それを出汁醤油と生姜、青ネギで食べるという。

なんとも美味しそうな話に、ウキウキで縁側に座ろうとすると——そこに、朔之介さんが素早くハンカチを敷いてくれた。

「橘さん、どうぞ」

「へ？　あ、はあ……。ありがとうございます」

戸惑っていると、更には冷えたらいけないと、上着まで貸して貰って恐縮する。上着から感じる彼のぬくもりに動揺しながら、遠慮がちにお礼を言う。すると、朔之介さんは、別に構わないと言って、私から随分と離れた場所に座った。

　その距離は、ゆうに二メートルもある。

「……」

　さあさあと霧のような雨が私の足を濡らしている。そこそこ冷え込んでいるせいか、私の思考も鈍くなっているようで、一瞬どういうことかわからずに固まる。けれども、頭を振って脳を無理やり覚醒させると、恐る恐る彼に声をかけた。

「あの、一緒にお豆腐食べるんですよね？」

「ああ」

「パンケーキのこと、相談するんですよね？」

「ああ」

　——なら、なんでそんな遠くに。

　思わずそんな問いが口から出かかった時、そこに豆腐小僧がやってきた。

「おやまあ、朔之介。君は、相変わらず感覚が生前のままのようだね。もっと近くに座ればいいじゃないか」

「未婚の女性にみだりに近づくものじゃない、相手に失礼だろう」

「仕事の間は、誰かれ構わず笑顔を振りまいているじゃないか。プライベートとメリハリをつけるのは結構だが、この態度はあまりにも冷たくはないか？　彼女は君にとっての、特別ではないのかい？」

「……は？　なにをわけのわからないことを言っているんだ？」

　すると、途端に豆腐小僧はお腹を抱えて笑い出した。

「なるほどなるほど！　あの、超過保護な青藍がカフェに女性店員を受け入れたというから、僕はてっきり、朔之介のところにお嫁さんがきたんだと思っていたんだが、違ったようだね？　面白いことになると思ってきたのに、ああ残念だ！」

「「はあ⁉」」

　思わず、朔之介さんと声を上げる。そして、同時に顔を見合わせると、首を傾げた。豆腐小僧は、私たちの様子を眺めて、実に楽しそうに笑っている。

「ふむ。非常に気も合っている。流石、青藍が選んだお嬢さんだ。あれかな、僕にはまだ話せないだけで、水面下で色々と進んでいるというわけじゃないね？」

「馬鹿か」

「絶対に違います」

　豆腐小僧はくつくつと笑うと「実に必死だね」と、私と朔之介さんの間に座った。

「誤解したことは謝ろう。しかし、明治男が、ひとつ屋根の下で異性と暮らすという意味を考えたら、誰しもがそう考えざるを得ないと思うがね」

　――明治男？

　不思議な単語に、首を捻る。詳細を訊いてみたいと思いはしたけれど、早口でまくしたてている豆腐小僧の話に割り込むのは、なかなか勇気が要るものだ。私は、黙って彼らの話を聞くことにした。

「誤解を招くには充分な状況だということだよ。友よ、どう思う？」

「これは青藍が決めたことだ。僕には決定権はないよ」

「ハハハ！　まあ、別にいいと思うがね！　婚姻を結ぶ前から同居することぐらい、現代じゃあどうってことはない」

「……ど、どうってことないのだとしても、できれば避けるべき事態だろう？」

「やあやあ、うぶだね！　だが、少々うぶが過ぎる。君は初恋を拗らせた女学生かなにかなのかい？　そもそも、君が生きていた当時だって、商家の坊ちゃまの好むものと言えば、花街で女遊びと決まっていたじゃないか。清廉潔白を装おうとしても、そうはいかない」

すると、顔を真っ赤にした朔之介さんが、「僕は違う！」と抗議の声を上げた。

「僕は、幼い頃から年がら年中寝付いていたから、そういうものにはとんと縁がなかったんだ」

「そうかいそうかい。それでそんな、うぶに。難儀なことだ」

「やめてくれ、しつこ過ぎる。流石に怒るぞ」

「おや、事実を言ったままでだよ。君は現代に於いては、異常なほどにうぶだ。これは間違いない」

話だけを聞いていると、まるで喧嘩しているようだ。けれども、よほど親しいのだろう。ふたりの表情は穏やかなままで、気の置けない友人という印象だ。

そういう関係っていいな、なんて思いつつおぼろ豆腐を口にする。正直、彼らの話の半分以上は理解できなかったから、少々暇を持て余している。すると、そんな私に気がついた豆腐小僧が、心底楽しそうに教えてくれた。

「おや。もしかしてお嬢さんは、朔之介の事情を知らないのかい？　この、どうしようもなく、うぶな男は、鬼になる前は、東京にある大店の坊ちゃまだったのだよ」

豆腐小僧によると、あやかしにはふたつのタイプがあるのだそうだ。それは、元々あやかしとして「在った」タイプと、人間から「堕ちた」タイプだ。朔之介さんは後者のようで、元々は明治時代に生まれた人間だったらしい。ちなみに、豆腐小僧は前者。最初から、あやかしとして生まれたタイプだ。

「だから、女性に慣れていないと言っていたんですね？　確かに、当時は今ほど女性に対して自由な空気はありませんでしたから」

明治時代と言えば、まだまだ恋愛が自由にできなかった時代だ。個人の感情よりも、家同士の繋がりが重要視されて、見知らぬ相手と望まぬ婚姻を結ぶことはままあった。しかし、そんな状況の中、文明開化と共に海外から新たな思想が流入し、「愛」や「恋愛」という言葉が、徐々に一般的になってきた時代だったとも言える。

大学時代に学んだ明治期の作品を思い返してみても、そこでは、手を触れ合うことすら躊躇するような――そんな「プラトニック」な恋愛が描かれていた。未婚の男女が一緒にいることを恥じる風潮もあったと思うし、相思相愛のふたりであっても悲恋で終わる物語も多かった。当時は、女性と男性のあり方自体が今とは随分違ったのだろう。そういう事情であれば、現代の感覚からすると硬派過ぎる言動に納得できる。

するとと、朔之介さんは複雑そうに眉を顰めると、若干唇を尖らせて言った。

「……これでも、少しは現代に慣れようと努力はしているんだ。だけど、客以外にあまり人間の女性とは関わってこなかったから、仕事以外となると、どうすればいいかわからなくて」

「確かに！　青藍は、君の傍に女性を置きたがらなかった。今、鎌倉は噂で持ちきりだ。青藍が認めた女がいる！　朔之介に嫁ができたのかもしれない――とね。大衆というものは、いつの時代もゴシップを好むものだ。好奇の視線を注がれる方からしたら、堪ったものではないがね！　まあ、かく言う僕も、そのお嬢さんを見物しにきたクチなのだが」

「珍しもの見たさか。相変わらず趣味が悪いな」

「はっ！　なんとでも言うがいい！」

そういえば、鶏肉屋の奥さんも、私がカフェで働くことになったことを知ると、酷く驚いていた。青藍さんという人は、怖い一面もあるけれど、女性である私にもよくしてくれている。他の女性を受け入れなかったというのは、一体全体どういうことなのだろうか。

……いくら考えてみても答えは出なそうだ。諦めた私は、なおも話し続けている豆腐小僧の話に耳を傾けた。彼は、自分が如何に「今」を謳歌し、朔之介さんが「昔」に縛られているのかを熱く語っている。

「朔之介とは長い付き合いだが、正直、こう思う。――さっさと、あの頃の古臭い価値観から脱却して、この僕のように自由に生きるべきだとね！」

豆腐小僧は自分に酔っているのか、まるで舞台俳優のように手を広げ、謎の自信を見せている。その時、ふと誰かの視線を感じて、通りに面した垣根に目を向けた。

カフェをぐるりと取り囲んでいる垣根は、胸ほどの高さしかない。だから、覗こうと思えばいくらでも覗けるのだが、そこに三人組の女性グループがいた。なにか気になるものでもあるのか、彼女たちは熱心にこちらを見ている。恰好から見るに、地元民ではなく観光客のようだ。豆腐小僧は彼女たちに気がつくと、笑みを浮かべてひらひらと手を振った。するとどうだろう、彼女たちは途端に黄色い声を上げた。

「きゃあ！　こっちに気づいたよ～！」

「お店の人かな。かっこいい～。あ、隣に座ってる男の人も好みだわ。モデルかなあ？」

「定休日だって。残念～」

彼女たちの反応に首を傾げる。王子様っぽい朔之介さんならまだしも、女性たちの視線の多くは、豆腐小僧に注がれているような気がする。

けれど、私の隣にいるのは紛れもない小僧だ。それも大豆のようなまんまるの顔をした丁稚風。なのに、豆腐小僧がパチンと片目を瞑れば、黄色い声と共に女性たちが腰砕けになったのが見えた。

「ハハハ、女なんて僕にかかればイチコロなのだよ」

……なんだこれ。

調子に乗っている丁稚姿の少年に、唖然とする。

「ぶふっ……」

そして、思わず噴き出しそうになって必死に堪える。人の好みは様々だから、豆腐小僧をかっこいいと思うこと自体はいいと思う。けれども、どう見ても、やんちゃ盛りの小僧にしか見えない彼がモテモテなのには違和感があって、それは正確に私の笑いのツボを刺激してくるのだ。

「……橘さん？」

すると、そんな私に朔之介さんが気がついた。一瞬、怪訝そうな顔をした彼は、なにかに気がついたのか、納得したように頷くと——俯いてしまった。肩が僅かに震えているから、彼も私と同様に笑いを堪えているらしい。しかし、そんな私たちに一向に気が付く様子がない豆腐小僧は、益々調子づいて、怒涛の勢いで語っている！

「朔之介、君も僕には劣るかもしれないが、見かけは悪くない。余計なお節介かもしれないが、努力した方がいい。そうすれば、薔薇色の人生になること請け合いだ！」

「うっ……ククッ……」

「イケメンであればすべてが許される。それが、今だ。現代はそう――いわば、イケメン新時代‼」

「……っ～～‼」

豆腐小僧は、イケメンはかくあるべし、と滔々《とうとう》と語っている。更には、彼の語るイケメン像はなんともナルシシズムに溢れていて、小僧姿とのミスマッチ感が恐ろしい勢いで増していく……！

「僕が意中の女性に捧げる文句はこれだ。『今晩、僕と熱い夜でも過ごすかい？』あぁ！　別に参考にしてくれて構わない。料金は請求しな……って、んん？」

彼が最大級の殺し文句を放った瞬間、やっとのこと私たちの異変に気がついてくれた。もう腹筋が限界を迎えようとしている。私は、ぽかんとしている豆腐小僧の肩を掴むと、ふるふると首を振ってもう無理だと伝えた。

するとと、怪訝そうな顔をしていた彼は、はっとなにかに気がついたように目を見開くと、恐る恐る私に声をかけてきた。

「詩織、さん……といったか」

「……は、はひ……」

「君は、あやかしの姿が見えるのだったか？」

こくこくと頷く。すると彼は、途端に真っ青になってしまった。

「嘘だ」

慌てて自分の姿を見下ろした豆腐小僧は、くるりとその場で回転した。すると、現れたのは絶世の美青年。涼やかな目元、オシャレに整えられた髪に、銀縁の眼鏡。着ているものも、見るからにハイブランドで固めてあって、でんでん大鼓柄の着物の面影はこれっぽっちもない。

「ハ、ハハハハ。失礼したね！　あれは僕の仮の姿！　こっちの美しい姿が、僕の本当の姿……って、話を聞いてくれないか⁉」

「……ひーっ‼　もう無理‼　お腹痛い……！」

「普通の人間には、普段はこっちの姿に視えているのだよ！　だから、油断して……って笑うのは止めたまえ！　心底泣きたくなるから！」

「アハハハハハハ……！」

朔之介さんとふたりして、大笑いする。人間の姿に化けた彼の姿は、確かにイケメンだった。けれど、どうにも小僧姿がダブってときめけそうにない。仕舞いには、息も絶え絶えになって、朔之介さんとふたりで縁側に蹲ってしまった。お腹が痛い。こんなに笑ったのは、一体いつぶりだろう――。

「もう忘れてくれ……‼」

豆腐小僧の悲痛な声が響く。すると、如何にも寝起きという顔の青藍さんが、カフェの奥からひょっこりと顔を出した。

「うるさいわね‼　静かにしなさいよ、小僧‼」

「――ひっ！　青藍、す、すまなかった……」

　豆腐小僧は、怒号を浴びせられた途端、ぴんと背筋を伸ばすと、しょんぼりと項垂れてしまった。それがまた、おかしくて。私は声を必死に抑えながらも、その後しばらく笑い続けたのだった。


　結局、笑い過ぎてちっともアイディアが浮かばなかった私たちは、なにか得るものがあるのではないかと、パンケーキが評判の店に行ってみることにした。

　ちなみに豆腐小僧は帰ってしまった。本当に私を見にきただけだったようだ。

　雨が上がった鎌倉の空。所々黒い雲は残っているけれど、透き通るような青色が時折顔を覗かせて、明るい日差しが町並みを照らし始めている。水たまりを避けつつ、普段よりは人通りの少ない町を行く。

　鎌倉といえば、寺社が有名ではあるけれど、多くのカフェがあることでも知られている。うちのような古民家カフェから、かつての文豪が通ったといういわれのある店、昔ながらの喫茶店……様々な店が至るところにあって、カフェ巡りが目当ての客もいるほどだ。

「そういえば、こういう風に異性と一緒に出かけるのは抵抗ないんですか？」

しっとりと濡れた町を歩きながら、朔之介さんに尋ねる。すると彼は、少し困ったように眉を下げた。

「これは仕事の一環だろう？　個人的に出かけるのとは違うから、問題ない」

「ふうん」

——そうはいいつつも、若干の距離がある。

そのことを面白く思っていると、目的の喫茶店に到着した。やってきたのは、鎌倉駅東口から徒歩一分のところにある喫茶店だ。一九四五年に創業したという老舗で、小町通りの入口すぐ傍にある。その店の佇まいは、何度か改装をしていることもあって、それほど古めかしさは感じない。けれども扉の横には、最近はあまり見なくなった食品サンプルが飾られていて、通りがかった人々の目を引いていた。

「いらっしゃいませ」

店内に入ると、店員さんがにこやかに対応してくれた。休日はかなり混むらしい。今日は平日だったおかげで、数分待っただけで済んで安堵する。

店内に入るなり、珈琲の香ばしい香りが鼻を擽《くすぐ》って目を細める。入口傍にはガラスケース。その中に並んだ、なんとも美味しそうなケーキたち。なんと、つい最近まで使用されていたという古めかしいレジスター。ふと、壁に目を遣ると——。

（あ、カラメルが染みたプリンみたい）

なんとも、変わったデザインのタイルが使われていて面白い。しっとりとした、セピア調の色彩で揃えられた店内は、全体的に落ち着いた雰囲気だ。

「こちらへどうぞ」

レトロなデザインのシャンデリアに照らされながら、案内されるままに縦長の店の奥に進む。するとそこには、温室を思わせる大きなガラス窓があり、入口とは打って変わって、明るい雰囲気の客席が目に飛び込んできた。

「わ、綺麗……！」

窓越しに見えたのは、新緑が眩しい西洋式庭園だった。レンガで丸く形作られた花壇に、様々な植物が植えられていて、雨に濡れた木々が色鮮やかにその存在を主張している。時折日差しが強く差し込むと、キラキラと雨粒が光って、庭園を更に美しく浮かび上がらせる。ぼんやりとした暖かい光に照らされた入口付近と比べると、まるで別の店のようだ。見事な眺めに、幾分、ぼうっとしながら席に座ると、店員さんに、突然こう尋ねられた。

「ホットケーキを注文される予定はありますか？」

「へっ⁉」

突然のことに驚きつつも、肯定する。かなりボリュームがあるらしいので、ふたりで一皿をシェアすることに決めて、私はブレンド、朔之介さんはアイスコーヒーを頼んだ。店員さんの後ろ姿を見送り、小声で朔之介さんに話しかける。

「どうして、私たちが注文するのがわかったのでしょうか。アレですかね、実は店員さんもあやかしで、心を読んだとか……⁉」

自分自身でも馬鹿なこと言っている自覚はありつつも、人外だらけの鎌倉ならありえるなんて思っていると、朔之介さんはくつくつと笑いながら教えてくれた。

「この店の名物だからね。単に、注文する人が多いんだよ。分厚いから、焼き上がるまで時間がかかるんだ」

「そ、そうなんですか。心を読まれたんじゃなくてよかった」

「読まれたら困ることでもあるのかい？」

「いえ、別に⁉　そんなのこれっぽっちもありませんけど‼」

慌てて否定する私を、朔之介さんは酷く楽しげに見つめている。その視線がやたら優しくて、なんだか落ち着かない。耐えきれなくなって、朔之介さんの正面から、こっそりと座る位置をずらすと、ようやく人心地ついた。

――明治生まれで女性に慣れていないという彼。勤務初日から比べると、随分と私にも慣れて、まだ距離はあるけれど心を許してくれている気がする。

……が、慣れていないからこそ、自分が浮かべている表情が、相手にどう見えるかを理解していない。

（うっかり誤解しないようにしなくちゃ）

無自覚イケメンというものは、なんて罪深いのだろうと思いつつ雑談していると、しばらくして、ようやく目当てのものが運ばれてきた。

「わっ、本当に分厚い！　しかも二段重ね！」

「取り分けることにして正解だね」

一枚三センチはあろうかという円筒形のそれを、じっくりと眺める。表面はきつね色にこんがりと焼けていて、断面は綺麗な卵色。従来のホットケーキの形状とはまるで違うそれに感心しながら、取り皿に一枚載せて、朔之介さんに渡した。

いざ、実食。ウキウキしながら、なみなみとメープルシロップが入った器を手にする。四角いバターめがけて、とろとろとシロップをかける。こんがり焼けた表面を、シロップが流れていく様は絶景だ。鼻を擽る甘い匂いに、期待感が募り、頬が自然と緩むのを感じながら、ナイフをゆっくりとホットケーキに差し込んだ。

――ざくり。

意外なほどに硬い感触。ザクザクと力を込めて切り分けると、ホットケーキの断面にじんわりと甘い汁が染みているのが見えた。よしよしと思いつつ、ぱくり。

「……んんっ！　美味しい！」

外側はサクサク。中はふんわり。卵の味がはっきりと感じられて、なんとも素朴な味がする。それは、子どもの頃におやつに食べた、カステラの風味を思わせる味だった。とっても美味しい。美味しいけど……それにしても分厚い。食べきれるだろうか。いや、大丈夫。私にはブレンドコーヒーがついている！

断崖絶壁に挑むアスリートのような気分で、調子よく切っては、口に運ぶ。すると、皿の上はあっという間に空になってしまった。

「……ごちそうさまでした……」

ふう、と最後に締めのブレンドを飲む。食べ終わると、途端に満腹感が襲ってくる。がっつき過ぎたかな……なんて思いつつ、ふと朔之介さんの方を見ると、一足先に食べ終わっていた彼は、なにやら考え込んでいるようだった。

「どうかしたんですか？」

「いや、すごく美味しかったんだけどね、これをどう活かそうかと悩んでいたんだ」

それを聞いて、さっと青ざめる。

（私、完璧に満喫してた……！　ここには、アイディアを探しにきたのに！）

自分の能天気さに呆れつつも、懸命に記憶の中の味を探る。甘くて、ふわふわで、サクサクで……いやあ、美味しかった。また食べたい……って違う！

するとその時、あることを思いついた。

「このお店のホットケーキ、シンプルで王道な味でしたけど、見た目とってもインパクトありましたね」

「そうだね。何度も食べたくなるような素朴な美味しさもだけど、見た目の面白さも受けている理由だろうね」

「ホットケーキって、お好み焼きくらいの厚さのイメージですもんね。こういう分厚いものを出す店も増えてきましたけど、まだまだ少数派です。……なら、こういう厚みのあるものなら……」

朔之介さんと視線を交わす。そして、ふたり同時に言った。

「「大首も食べたことないかも‼」」

――いけるかもしれない。私と朔之介さんは、熱心に意見を交わした。作るのは厚みのあるパンケーキ。けれど、生地にはなにか工夫をするべきだろう。トッピングも、今でしか食べられないような特別なものを――。

私たちは頷き合うと、席を立った。

そして早々に会計を済ませると、他の店のものも食べてみようと、鎌倉の町に一歩踏み出したのだった。

「――うっぷ」

「大丈夫？」

「ご、ご心配なさらず……」

あの後、三軒ほど店を回って、ふたりであれこれアイディアを出し合った。流石に満腹になってしまったけれど、トッピングだけは決めることができた。けれども、生地に関してはどうにも決まらない。

「正直、お腹がキツイですけど……もう一軒行ってみませんか？」

「そうだね。どこにしようか」

「そういえば、七里ヶ浜《しちりがはま》に評判のレストランがあったはずです」

スマホで検索して、店のサイトを見せる。

「ちょっと移動しなくちゃいけませんが、ここはどうでしょう?」

すると一瞬、朔之介さんの顔が強張ったような気がした。

「どうかしましたか?」

「いや、なんでもないよ。そこにしよう。行こうか」

そう言うと、朔之介さんは駅に向かって歩き出した。

夕方になり、帰宅する観光客が多くなってきている。私は朔之介さんの反応を不思議に思いつつも、はぐれないようにと足を早めた。

七里ヶ浜は鎌倉駅から江ノ電で六駅ほどだ。空いていた席に座ると、間もなく、ドアが閉まって電車が動き出した。徐々に薄暗くなってきた外を眺めながら、ぼうっと時間を過ごす。私たちを乗せて、江ノ電は住宅街の中をのんびりと進んでいく。ガタガタと揺れる電車に身を任せていると、朔之介さんが話しかけてきた。

「疲れたね」

「そうですね。あちこち歩いたせいで足がパンパンです」

「確かにそうかも。それに、考えながら食べていたせいか、酷く疲れたよ」

朔之介さんは肩を竦めると——どこか遠くを見て言った。

「でもさ、お腹いっぱい食べて、くたびれるほど歩いて——それって、なんて贅沢なことだろうね」

「――え？」

朔之介さんはちらりと私を横目で見ると、変なこと言っていると思ったろうと、苦笑いを浮かべた。

「ほら、午前中に豆腐小僧の話を聞いただろ？　僕は――生前は酷く病弱でね。幼い頃からずっと、臥せってばかりいたんだ。だから、当時はどこにも出かけることができなかったし、そもそも食べたいものを口にすることすら叶わなかった。皮肉なものだけど、鬼になって初めて、人並みにこういう経験をしている。だから、ね」

そう語った彼の横顔は、酷く寂しそうだった。

――人間から鬼《あやかし》に「堕ちた」。それは、普通の人間が辿る道ではない。いつも、優しい笑顔を浮かべている朔之介さん。改めて思い返すと、他のあやかしに比べ、誰よりも人間らしいのが彼だ。けれどもその額には、いつだって尖った角が存在を主張していて、彼が人ならざるものなのだと証明しているようだった。

彼の事情は、正直気になる。けれど――聞いていいものなのだろうか。

「……どうしたんだい？」

私の迷いに気がついたのだろう、朔之介さんが不思議そうに首を傾げた。正直やめようかとも思ったが、折角の機会だ。思い切って尋ねてみた。

「――どうして、鬼になったんですか？」

すると、私の問いに、朔之介さんは少しだけ目を見張ると、次の瞬間には困ったように眉を下げた。

「あまり……楽しい話ではないけれどね。それでも、聞きたいかい？」

「朔之介さんが話してもいいと思うなら」

「そっか。なら、なにから話そうか。――多分、僕は人よりも、強い未練を持っていたのだと思う」

朔之介さんが、そう前置きして話してくれたのは、彼の孤独な人生だった。

彼が生まれたのは、明治中期の頃だ。東京のとある商家に生まれ、所謂、愛人の子として生まれた。正妻の目から隠れるために、両親から離れ、ひとり別荘で暮らしていたらしい。

「心臓が悪くてね。少し動くと息切れを起こす始末だったから、なにもできなかったし、させて貰えなかった。そんな僕の楽しみは――時折会いにきてくれる、両親の手土産だったのさ」

その手土産とは、主に本だったのだという。朔之介少年は物語の世界に没頭した。自由に動くことができない彼にとって、本が与えてくれる無限の広がりはなによりの楽しみだった。

「天井と窓ごしの風景だけが、僕のすべてだったからね。部屋の外には、こんな世界が広がっているのかと酷く驚いたものだよ。母も、僕が本を読むのを好ましく思っていたからね。当時は、朝から晩まで本を読み耽ったものだ。でも、そんな生活は長くは続かなかった。僕は――二十四歳になった頃、肺結核を患ってしまったんだ」

彼が生まれた明治時代は、開国の影響で日本がめざましく変わっていった頃でもある。富国強兵をスローガンにして、工業の発展を推し進めていった結果――人口が急速に増加し、都市部に集中、衛生環境が極端に悪化した。アメリカでも、産業革命が起こった当時に結核が流行したらしい。同様の状況になった日本でも、その病が蔓延し始めたのだ。

「当時は、今と違って有効な治療法はなかったからね。だから――」

『次は七里ヶ浜、七里ヶ浜でございます。降り口は左側です』

その時、電車が目的地に到着した。朔之介さんはぼんやりと扉が開くのを眺めると、ぽつりと呟くように言った。

「だから、両親はここ……七里ヶ浜の療養所に僕を入れたんだ」

無言で歩き出した朔之介さんの後を追って、駅に降り立つ。まだ海は見えないが、かすかに潮の香りがする。改札を通って階段を降りると、朔之介さんは慣れた足取りで歩き始めた。駅のすぐ側にある橋を渡ると、遠くに海が見えてきた。

「……ただ海を眺めて過ごす日々は、酷くつまらなかったよ」

ぼんやりと前を見つめたまま、朔之介さんは話し続けている。その様子は、明らかに普通じゃない。

「朔之介さん！」

焦った私は、必死に彼の名を呼ぶ。しかし、聞こえないのか、はたまた聞こえないふりをしているのか——彼は歩くことも、話すことも止めなかった。

「あんなに好んでいた本も読むのをやめた。物語の中とは言え、他人の不幸も、幸福も目にしたくなかったからね。当時の療養所の役割は、終末医療みたいなものだ。他人に感染しないように、患者を隔離するためのものであって、治癒を目的としたものじゃない。あそこから出られた人間は、どれくらいいたのかな。案の定、僕も——」

「待って‼」

私は早足で朔之介さんに追いつくと、腕を掴んだ。浜辺に繋がる階段の上で急に立ち止まった私たちを、他の観光客が怪訝そうな顔をしてすれ違っていく。私は他の人の邪魔にならないように、彼を端に引っ張ると、泣きそうになりながら言った。

「苦しいなら無理に話さなくてもいいんです」

すると、彼は何度か瞬きをすると——次の瞬間には、困ったように眉を下げた。

「そんなに心配しなくても大丈夫さ。僕は、もうとっくに吹っ切れている。……だって、あれからもう、一世紀以上も経っているんだ」

——そんなの、絶対に嘘。

（なら、どうしてそんなに辛そうなの。どうしてそんなに苦しそうなの。まるで泣く

のを必死に我慢している、子どもみたいな顔をしているのはどうして）

そう思いつつも言葉を飲み込む。それを直接言えるほど、彼と私は時間を共有できていない。言う資格が、私にはない。

下唇を噛みしめて、なにも言えずに朔之介さんをただ見つめていると、彼はおもむろに前方を指差した。

「まあ、僕のことはもういいよ。そんなことよりさ……見てごらんよ。ほら」

彼の指の動きに釣られて、視線を前方に移す。すると、その先にあった光源のあまりの眩しさに、思わず目を細めた。

「綺麗……」

遠く、水平線に夕日が沈もうとしている。海は黄金色に輝き、波が立つたびに色合いを微妙に変えて、その煌めきは宝石のように美しく、見惚れずにはいられない。空は美しいグラデーションを作り出し、うっすらと星が姿を現し始めている。空を、鳶が気持ちよさそうに飛んでいる。遠くには何艘ものヨットに――ぷかり、海に浮かぶ江ノ島。

多くの家族連れや観光客が、そして波間に浮かぶサーファーが、私たちと同じ様に夕日を眺めている。その姿が逆光で影となり、まるで一枚の絵を見ているようだ。ずっと見ていたい……そう思うほど美しい夕暮れ時。けれども、眩し過ぎて見続けるのは難しいもどかしさがある。

ちらりと、横に立つ朔之介さんの様子を窺う。ここで過ごした最期は、酷くつまらないものだったと語る彼の目に、この光景はどういう風に映っているのだろう。

しかし、海をじっと見つめている朔之介さんは、なにも表情を浮かべておらず、心情を窺い知ることはできなかった。

(私、彼に酷いことをしてしまった)

——謝らなくては。そう思って、朔之介さんの袖を引く。

「ん？　なんだい？」

「事情を知らなかったとはいえ、こんな場所に連れてきてしまって、ごめんなさい」

「……」

朔之介さんの瞳が揺れている。夕日に照らされて、薄茶色の瞳はまるで琥珀のように輝いて見える。それは、覗き込めば、彼の本心が垣間見えるだろうかと妄想したくなるほどの美しい色。思わず、その色に見入っていると——朔之介さんはゆっくりと瞬きをすると、ふっと柔らかく笑った。

「気にしてないって言っただろう？　意図的にしたことじゃないんだし」

「それでも謝るべきだと思いました。話してくれて、ありがとうございます」

「構わないよ。別に隠すほどのことじゃない」

朔之介さんはそう言うと、橘さんは真面目だなあ、と苦く笑った。そしてまた、海に視線を戻した。

「僕のような人間は、あの時代少なからずいたんだ。けれど、鬼として『居残り』しているのは僕ぐらいのものでね。未練が多かったのは確かだけど、鬼になるとは露ほどにも思っていなかった。原因をずっと考えているんだけど、未だに答えが見つけられない。夢が叶えられなかったから？　それとも他に原因があるのかな……」

朔之介さんは小さく笑うと、浜辺に繋がる階段を降りて行った。

彼の後を追って、砂浜に足を踏み入れる。浜辺に繋がる階段を降りて行った。苦労して彼の横に並び立つ。寄せては引いていく波音に耳を傾けていると、誰かが残していった砂の城が、波にさらわれてみるみるうちに削られていった。

その間も、私たちの間には沈黙が落ちたままだ。なんとも落ち着かない雰囲気に、私はとうとう耐えられなくなった。

（ええい、暗い話はもうやめよう！）

自分のせいとは言え、気が滅入るばかりで建設的じゃない。私はぎゅっと拳を握ると、顎を引いて前を向いた。取り返しのつかない過去のことを、いつまでも振り返っていても仕方ない。ここは未来の話をすることにしよう――。

「あの……夢ってなんですか？」

すると朔之介さんは、少し間を置いてから言った。

「……小説家さ。読書家が行き着く夢と言えば、これに決まっているだろ？」

「みんながみんな、そうじゃないとは思いますけどね。小説家……ですか」

——素敵な夢じゃないか！

心からそう思って、隣で海を眺めている朔之介さんに笑いかける。

「じゃあ、今も書いてるんですよね？　小説！」

するると、朔之介さんはすぐさま否定した。

「いや、書いてないけど……」

「ええ！　なんでです？　もったいない！」

「も、もったいない？」

私は海を背に立つと、仁王立ちになる。そうして、先刻豆腐小僧がイケメンを語った時のことを意識しつつ、少し大げさな手振りをしながら言った。

「人間の時間は有限です。それこそ、一生のうちに執筆に割ける時間は少ないですよね。でも、鬼になって、不老不死になった朔之介さんは違う。これから、たっぷり時間があるんですよ。それも、明治からずっと、自分の目でこの国の移り変わりを見てきた。それってすごいことじゃないですか。生き証人どころの話じゃないですよ。それを作品にぶつけたら、とんでもないことになると思いませんか！」

朔之介さんは、きょとんとしてこちらを見つめている。私はにんまりと笑うと、彼に指を突きつけつつ、更に言葉を続けた。

「鬼の小説家。面白そうじゃないですか！　かつては病弱だったかもしれませんが、鬼になったおかげで、それも改善されました。チャンスですよ！　やってみましょうよ。夢が、夢じゃなくなるかもしれません！」

　一通り言いたいことを言い終わる。しかし、朔之介さんは私を見つめるだけで、特に反応を返さない。周囲には、さざなみの音だけが響いている。

「……」

「……」

　なにも言わず浜辺で見つめ合う男女ふたり。見知らぬ観光客からの不躾な視線を浴びながら、私は背中に冷たいものが伝ったのを感じていた。

（ちょ、調子乗ったかも……！）

　恥ずかしさのあまり、頬が熱くなるのを感じながら、けれども言い終わったままの体勢を崩せずにいると、次から次へと後悔の念が湧いてくる。そもそも、私自身、彼氏のことをいつまでもウジウジウジウジ考えているというのに、偉そうに御託を並べるなんて、お門違いにもほどがある。

　――ああ、逃げ出したい。やめておけばよかった。

　さっき口にした言葉をすぐさま撤回して、海に飛び込んでやろうか……そう思った時、朔之介さんの様子に変化が表れた。

「……ククッ……」

　どうやら、なにかが彼の笑いのツボに入ったらしい。朔之介さんは肩を震わせ、口元を押さえて笑いを必死に堪えている。けれども我慢できなかったようで、数瞬後、彼はお腹を抱えて笑い出した。

「……アハハハハハ！」

「どど、どうしたんです⁉」

よっぽど変な発言だったかと、青ざめて声をかける。すると、朔之介さんは目に涙を浮かべて——けれども、心底楽しそうに言った。

「いや……っ、君の言葉があまりにも予想外過ぎて……っ、くっ……アハハハ！」

「そ、そんなに笑うことですか……？」

「だって、おかしいじゃないか。これから小説家になればいいだなんて。僕が死んでから一世紀以上も経つけれど、考えもつかなかった。あー！　なんだろう、橘さんはすごいね」

（——あ。言ってよかった、かな……？）

彼の弾けるような笑顔に、ホッと胸を撫で下ろす。笑っている彼からは、先ほどまでの陰りは消え去って、いつも通りの穏やかさが戻ってきている。やはり、イケメンは笑顔じゃなくっちゃ。私は、フフンと胸を張ると、腰に手を当てて言った。

「私、転んでも挫けないタイプなんです。それにしても、一世紀以上も考えつかなかっただなんて……朔之介さんも、まだまだですねえ」

「人間の君がそれを言うのかい？　もうやめてくれ、お腹が痛くなってきた……」

「このチャンスを逃す手はありませんよ。——はっ‼　もしかしたら私、歴史に残る文豪を覚醒させてしまったかもしれませんね……！　賞を獲ったら、ご飯奢ってくださいよ。そうですね、回らないお寿司で手を打ちましょう！」

「や、待って。話が飛び過ぎだから！」

ケラケラと笑いながら、夢みたいなことを言い合う。今にも地平線に沈もうとしている太陽の暖かい光に照らされて、お腹が痛くなるくらいにふたり笑って。今でも、この場所に彼を連れてきてしまったことを後悔しているけれど、朔之介さんの苦しい過去を知れたことはよかったと思う。

「ね、小説家になりましょうよ！」

「アハハハ……！」

私の冗談交じりの言葉が、彼の笑顔を連れてきてくれた。それが胸の奥を、どうしようもなく温かくしてくれて――こんな私を、店の仲間として快く受け入れてくれた彼に、少しでも恩返しできたかな、なんて思った。

「僕は今まで、自分の『これからのこと』に目を向けてこなかったんだなあ」

笑いがおさまった後、砂地に座った朔之介さんは、しみじみとそう言った。そして、徐々に色を失いつつある七里ヶ浜の空を見上げて、ぽつりと呟いた。

「……昔のことばかりに囚われていないで、いい加減に前を向くべき時がきたのかもしれないね」

「そうですか」

同じ様に空を見上げて相づちを打つ。すると、朔之介さんはクスクスと思い出し笑いをすると、私に向かって言った。

「――君は変わってる」

「へっ⁉」

思いもよらない言葉に、ギョッとして隣を見ると、薄茶色の瞳と視線がかち合ってドキリとする。朔之介さんの瞳を見ると、やたらソワソワしてしまうのはどうしてだろう。途端に早くなり始めた鼓動を必死に抑え込みながら、至って冷静に見えるように努力しつつ、早口でまくしたてた。

「ま、まあ⁉ 私が変わっていることは否定しませんけどね？ 私ってば、ひとりカラオケ、ひとり旅、ひとり焼き肉なんでもござれな女ですから。前の婚約者にも、変な女ってよく言われて――」

「コラ。あまり自分を卑下するものじゃないよ」

「……あ。ご、ごめんなさい」

怒られて、しゅんと肩を落とす。するとまた、朔之介さんが笑い出したので、私も笑った。するとその時、一層強く海風が吹いた。髪が舞い上がって、顔にかかる。思わず目を瞑ると――「失礼」と、顔にかかった髪を朔之介さんが避けてくれた。

「君は、あやかしをもっと怖がってもいいはずの立場なのに、こんな後ろ向きの鬼にすら、優しい言葉をくれる。そういう意味での『変わっている』だよ。悪い意味じゃない。むしろ、それは君のいいところだと思うよ」

朔之介さんは髪に勝手に触れてごめんと謝ると、蕩けるほど優しい笑みを浮かべて、私をじっと見つめている。

(……あ、駄目)

顔が熱い。耳がじんじんする。胸が苦しい。冷たい海風に晒されているのに、じんわりと汗をかいてくる。きっと、顔が赤くなっているに違いない。

(──夕暮れが、顔色を誤魔化してくれていればいいけれど)

頬を手で押さえて、俯いて目を閉じる。……すると、瞼の裏に、私を裏切った恋人の──いらないものを見るような、どこまでも冷え切った顔が浮かんできて、すうと体が冷えていくのがわかった。顔を顰めて、アイツの影を蹴散らすように頭を小さく振る。そして、勢いよく立ち上がった。

(馬鹿だな。私ってば、本当に馬鹿だ)

心の中でひとりごちる。そして、パッパと砂を払うと、朔之介さんに声をかけた。

「随分、暗くなってきました。行きましょうか」

「ああ。そうだね」

先ほどとは違う意味で胸が苦しい。苦しさを紛らわせるように、海を背にして早足で歩き出す。すると、道路に繋がる階段を登り切った先で、見知った顔と再会した。

「おや、奇遇だね。ふたりとも」

「それはこっちの台詞ですよ。どうしてここに？」

「馴染みの店で遅めの昼食と洒落込んでいたのさ。海を眺めながら美食を堪能する行為そのものが、この美しい僕に相応しいと思わないかい？」

「はあ……」

するとと、豆腐小僧は気取った足取りで私たちに近づくと、「まだパンケーキ問題は解決しないのか」と朔之介さんに絡み始めた。

「……あ」

また忘れるところだった。そういえば、ここにはパンケーキのアイディアを探しにきたのだ。イケメン形態の豆腐小僧に、心の中で感謝する。お礼に、今度、彼のお豆腐を買いに行こう——そう考えていると、突然、脳内でカチンとなにかが嵌まるような音が聞こえた。

「あーっ！」

思わず、豆腐小僧を指差して叫ぶ。

「そうか。あれがあった！　ありがとうございます、流石、イケメン‼」

興奮のあまり、豆腐小僧と半ば無理やり握手をして、激しく手をシェイクする。

「……ど、どうしたんだいお嬢さん。この僕がイケメンなのは、事実だが。なにかあったのかい？　それとも、頭が……」

「そうじゃなくて！　パンケーキの生地のアイディア、思いついたんですよ‼」

私は、驚きのあまりに目を白黒させているふたりに、にやりと不敵な笑みを浮かべると、どんと自分の胸を叩いた。

「きっとこれなら大丈夫だと思います。私に任せてください！」


『詩織はこれが好きね』

『うん、大好き！』

幼い頃によく食べたふわっふわのパンケーキ。もちもちしていて、とっても分厚い。それに、パンケーキが溺れるほどにメープルシロップをかけて食べる。料理上手な母お手製、わが家の定番のおやつ。それを食べると、まるで自分が世界一の幸せ者であるかのような気分になったものだ。

『ママのパンケーキ、とっても美味しい。なにが入っているの？』

一度、興味本位で聞いたことがある。何故なら、母の作ってくれるそれは、店で食べるものと明らかに違ったからだ。けれども、母はいつも不思議な笑顔を湛えて、口元に指を当ててこう言うのだ。

『――内緒。大人になったら教えてあげるわ』

「お母さん、あのパンケーキのレシピ、なんだったっけ！」

『どうしたのよ、急に』

「前に教えて貰ったでしょ！　どうやるんだっけ⁉」

スマホでテレビ通話を繋げて、厨房の壁に立てかける。そして、画面の向こうの母に向かって、いきなり頭を下げた。

「お願い、お店のためにパンケーキのレシピが必要なの」

『お店？　それって新しい勤務先のこと？』

「そう‼」

母は少し考え込むと、私の申し出を快諾してくれた。

『わかったわ。娘のためだもの』

「やった。分量がうろ覚えで困ってたんだよね。準備してくる！」

気合を入れて、材料と道具を揃える。私が用意したものの中には、小麦粉などの定番の材料の他に――真っ白に輝く四角いアレがあった。母が作ってくれたパンケーキの秘密。それは、「豆腐」だ。

「それにしても豆腐だなんて、よくパンケーキに入れようと思ったね？」

『当時、お豆腐を食べてくれなかったアンタに、どうにかして食べさせようと工夫した結果だったのよ』

「子どもの頃は、もっとすごいものが入ってると思ってた。なんで秘密にしたの？」

『バラしたら、食べなくなるでしょ』

「まあね」

他愛のないことを話しつつ、母の指示に従って、調理を進める。使用するのは絹ごし豆腐だ。水気を切って、ボウルに入れたそれを泡立て器でしっかりと混ぜる。クリーム状になったら、そこに卵とプレーンヨーグルトを加える。そして、あらかじめ混ぜ合わせておいた、薄力粉、砂糖、塩、ベーキングパウダーをふるい入れるのだ。家庭で作る場合は、もちろんホットケーキミックスで問題ない。

『……ねえ、詩織。三分の一くらい、ボウルの外に零してるように見えるんだけど』

「うっ。気のせい、気のせい」

ボウルの脇に積もった粉の山を、母に見えないように隠す。けれども、お見通しだったらしい。母は、盛大にため息をついた。

『誤魔化しても無駄。ちゃんとボウルの中に入れてくれない？　量った意味がないじゃない！』

「誰にでも失敗はあるものよ」

『アンタは、料理に関しては失敗しかないじゃない！　まったくもう……！』

母の呆れた声を聞きつつも、素知らぬ顔で調理を進める。ボウルの中身をしっかりと混ぜ合わせると、大分もったりとしている。母いわく、水分量は卵の大きさや豆腐で左右されやすいので、あまりにも粉っぽい場合は牛乳を、水っぽい場合は様子を見て粉を足せばいいとのことだった。

『じゃあ、生地の様子を見せて』

母に言われて、お玉で生地を持ち上げてボウルに落とす。すると、ボタボタッと途切れ途切れに生地が落ちていった。満足そうに頷いた母は、私にフライパンを熱するように指示した。

——さあ、決戦の時だ。

若干、ヒヤヒヤしながらフライパンを温める。黒炭料理製造マシーンである自分の能力を、遺憾なく発揮しないためにも、ここは慎重にやるべきだ。

程よくフライパンが温まったら、お玉で生地を投入していく。最初のひと掬いは、面積小さめに流し、接地面が固まるまで少々待つ。そして、その上にまた生地を載せて厚みを作っていくのだ。これは、かなりもったりした生地だからできる芸当。専門店の金型のようなものがなくても、家庭で簡単に厚いパンケーキが作れる裏技だったりする。ほどなくして、フライパンの上にクリーム色の生地がこんもりと盛り上がった。端の部分が沸々と泡立ってきて、順調に熱が入っているのがわかる。

「よし、いい感じ……！　後は全体に火が通れば！」

『絶対に強火にしたら駄目よ』

「わ、わかってる」

『なら、その手をコンロのつまみから離しなさい』

「何故、そこに私の手があることを知っているの……⁉」

するとと母は、「何年アンタの母親やってると思っているの」とからから笑った。

火力は据え置きのまま、フライ返しをしっかりと握りしめて、穴が開くほどフライパンを見つめる。そして、母の合図と同時に生地をひっくり返すと――なんとも綺麗なきつね色が現れた。

「やった！」

歓声を上げて、けれどすぐにまたフライパンに視線を落とす。あとは裏面を同じ様に焼くだけだが、ここで焦がしたら元も子もない。すると、そんな私を見て、電話越しの母がしみじみと呟いた。

『まったく、アンタは昔から変わらないわね』

「……なにが？」

『不器用な癖に、一生懸命やるところ。集中すると、唇を尖らせるところ。誰かのために頑張れるところ。好きな人のためなら、努力を惜しまないところ』

私は何度か瞬きをすると、恥ずかしくなって視線を逸らした。

「それって、アラサーに言う台詞じゃなくない？」

すると、母はやたら楽しそうに笑って言った。

『馬鹿ね。娘は、いくつになっても娘よ』

「……うん」

私は、小さく返事をして、パンケーキが焼けるのを待った。すると、母がぽつりとなにか呟いたのが聞こえた。

『……本当、安心した』

「ん？」

『ううん、なんでもない。大丈夫、きっと上手く行くわ』

「そうだね。そうだったら……いいな」

母に向かって頷く。そしてまた、フライパンに視線を落とした。

――母と一緒に作ったパンケーキ。不安だったけれど、なんとか綺麗に焼き上げることができた。綺麗にトッピングして、完成したものを朔之介さんたちに見せると、彼らは揃って顔を輝かせた。

「詩織ちゃん、やるじゃない！」

「うん。これはいいよ！　頑張ったね」

嬉しさのあまり笑みを零す。胸がポカポカするのを感じながら、けれどすぐに表情を引き締めた。なんていったって、本番はこれからだ。

（どうか、これが大首の初めての「味」でありますように）

私は心の中でそう願うと、客席に足を向けたのだった。

すでにとっぷりと日は暮れて、窓の外には大きな月が出ているのが見える。店休日のカフェは、しんと静まり返っていて、普段の賑やかさを知っていると、少し寂しく思えるのは私だけではないはずだ。

　お盆を手に、ゆっくりと座敷席に向かう。するとそこには、大首の他に見慣れない姿があった。

「ねえ、もう帰ろうよー」

　どこか間延びした口調で、大首に話しかけているのは、中折れ帽を被った狸だ。まだ春だというのにアロハシャツを着ていて、バッグには大量のお守りをストラップよろしくぶら下げている。彼は私に気がつくと、あっと声を上げて頭を下げた。

「こいつがご迷惑おかけしてます。すぐに連れて帰りますから」

　すると、大首は白い歯を剥き出しにして怒りを露わにすると、「駄目よ！」と金切り声を上げた。そして、私の手元の皿をじろりと睨みつけて言った。

「……今度こそ、私が食べたことのないものでしょうね」

「そうであると、信じています」

　そう言って、テーブルに皿を置く。大首はそれをまじまじと覗き込むと、「これは？」とやや高圧的に訊いてきた。

「豆腐パンケーキです」

「……豆腐？」

「絹ごし豆腐を、生地に練り込みました。大豆は北海道産ですが――鎌倉で塩が作られているのをご存知でしょうか。そこのにがりを使用しています。トッピングは、朝採れの苺をホットソースにしました。これも地元農家が作ったものです。ソースに入れた蜂蜜も、鎌倉の養蜂場で採れたものになります」

一息で言い切って、大首の様子を窺う。この一皿を作るのに、豆腐小僧を始め、多くのあやかしに協力を仰いだ。急なことだったのにも拘らず、みんな快く応じてくれ、そのお蔭でこの一皿は特別なものになった。だからこそ、せめて、ひとくちだけでも食べて欲しい。そんな願いを込めて、説明を続ける。

「生クリームも、神奈川の牧場で作られたものを使用しています。一見、ただのパンケーキに見えますが、『地』の材料をふんだんに取り入れました。いわば、『地パンケーキ』です。如何でしょうか。これは——食べたことがないのではありませんか」

大首はなおも無言のままだ。狸は、私たちに気を使ったのか、そんな大首の顔をしきりに覗き込んでは、「食べて帰ろう?」と声をかけてやっている。

「……わかったわ」

すると、やっとのことで大首が口を開いた。

「この人——たぬ吉さんも一緒でいいなら、食べるわ」

「え? 僕?」

「取り皿を用意して。この人と半分に分けて頂戴」

「わ、わかりました!」

言われるがまま、厨房に駆け戻る。そして、皿を手に戻ると、パンケーキを切り分けてふたりの前に並べた。

「どうぞ、お召し上がりください」

「私、たぬ吉さんが食べてからにするわ」

「ええ……？」

たぬ吉は困惑した様子だったが、じろりと大首に睨みつけられると、その手をナイフとフォークに伸ばした。ふと、カウンターの方を見ると、朔之介さんや青藍さんも固唾を飲んで見守っている。……上手くいくだろうか。私は喉がやけに乾いているのに気がつくと、無理やり唾を飲み込んで湿らせた。

「じゃあ、先にいただくねー」

そんな中、たぬ吉はパンケーキを切り分け始めた。豆腐入りのパンケーキは、かなりの分厚さがある。切り分けたものに、真っ赤なソースをたっぷり絡めて、更には生クリームをナイフで塗りつける。彼は、少し複雑な表情でそれを見つめていたかと思うと、恐る恐る口に入れた。

「んっ……!!　美味い!!」

途端、ぱあっと表情が明るくなる。たぬ吉は勢いよくふたくち目を切り分けると、今度は思い切り齧りついた。

「豆腐って聞いてちょっと怖かったけど、全然豆の味はしないんだねぇ。しっかりと卵の風味がする。うん、優しい味だ。それに、なんてふわふわなんだろう。でも、しっとりと水分を含んでもいる。これが豆腐由来の食感なのかなー？」

「は、はいっ……！　ええと……豆腐のおかげで、冷めてもパサつかないという利点もあるんですよ」

「へー。ソースもジューシーで美味しい。苺がどっさりトッピングされているのも嬉しいね。『地パンケーキ』かあ。これはいい。よく考えたなあ……」

――やった……！

なんだか、パンケーキを通して母を褒めて貰えたようで誇らしい。これならいけるかもしれない。そう思って、大首の様子を窺う。けれども、すぐに浮かれた気持ちは萎んでしまった。何故なら、彼女の表情はまだ沈んだままだったからだ。

「いやあ、美味しいね！」

そんな大首を余所に、たぬ吉はあっという間に一皿平らげてしまった。そして、名残惜しそうに、皿の上に残ったホットソースをスプーンで掬いながら言った。

「豆腐入りのパンケーキだなんて、オイラ初めて食べたよ！　いやあ、珍しい。やっぱり――珍しいものはいいなあ！」

どうやら、たぬ吉は「珍しいもの」を特に好んでいるらしい。たぬ吉は、嬉々として自分がそういったものに如何に愛情を注いでいるかを語り始めた。彼は、普段身につけているものすら、「珍しいもの」にこだわっているようだ。

被っている中折れ帽は、かつて某有名日本映画の主人公が着用していたものらしい。着ているアロハシャツは、湘南《しょうなん》出身のロックバンドのボーカルが着用していたもの。大量のお守りは、今は手に入らない限定品ばかり——家も、そういった類いのもので溢れているそうで、彼の「珍しいもの」へのこだわりは、かなりのものだ。

「それは、すごいですね……」

「そうなんだよ。自分でも厄介な趣味をしているとは思うけどね。でも、やめられない。希少なものを愛でる楽しみは、そこいらの娯楽を超えるよ。君もそう思うだろ？」

たぬ吉は、ご機嫌な様子で大首に話を振った。すると、それまで黙っていた大首がやっと口を開いた。

「そうね。そうよね。あなたは根っからの『珍しいもの』好きだものね——だから、私とも付き合っているのよね」

その不貞腐《ふてくさ》れたような口ぶりに、たぬ吉は首を傾げた。

「なに変なこと言っているんだよ。それより、ほら……早く食べなよ。美味し——」

「黙って‼　そんなの、今はどうでもいいじゃない！」

大首の様子がおかしい。彼女はたぬ吉の言葉を遮り、眦《まなじり》を釣り上げると、勢いよく喋り出した。

「ああ、これでわかったわ。あなたはどこまでも『珍しいもの』が好き。むしろ、そういうものなら、なんでも喜ぶのね！　だから――だから、いつまでも私と結婚してくれないんだわ‼」

「ま、待って。なんの話だい。一旦落ち着こうか？　ねえ……」

「これが落ち着いていられるもんですか！　私は、あやかし『大首』。それも、お歯黒じゃない大首――こんな珍しくて、滑稽なあやかしは他にいないもの‼」

するとと、大きな瞳を歪ませた大首は、ひと粒でバケツが満杯になってしまいそうなほどの涙を、ボロボロと零し始めた。

「結婚したら、私はお歯黒になるわ。だって歯を染めるのは、既婚者の証だもの。そうすれば、私の唯一のアイデンティティが失われてしまう。ねえ、知っている？　付き合って、もう百年も経ったのよ。普通なら、とっくに……」

――結婚しているはずだわ。

そこまで話し終えると、大首は大声で泣き始めた。大粒の涙が、彼女の瞳から絶え間なく流れ落ち、床を汚していく。

どうやら「食べたことのないパンケーキ」が欲しいというのは、たぬ吉の反応を窺うためだったらしい。私たちは、大首が涙を零すのを、呆然と眺めていることしかできなかった。

するとその時、たぬ吉が動いた。彼女の傍に寄り添うと、タオルを取り出して涙を拭き始める。けれども、彼女が零す涙の量は到底タオル一枚で拭ききれるものではなくて、床も、たぬ吉も——彼の着ていたものも、すべて濡れそぼってしまった。すると、それを見た大首はイヤイヤと首を振り始めた。

「取って付けたように優しくしても無駄よ。やめて！　その服が汚れるの、いつもすごくすごく嫌がるくせに‼　私なんて放っておいて帰りなさいよ。こんな私よりも、そっちを心配したらいいのよ‼」

「君を置いて帰ったりしないさ」

「嘘。絶対に嘘よ。頭の中は、服のことでいっぱいに決まってるわ！」

「違うよ、お願いだ。話を聞いてくれ……」

ひたすら拒否し続ける大首の涙を、たぬ吉はひたすら拭き続けている。しかし、相手は巨大な生首だ。体格差は歴然としていて、大首が勢いよく首を振ったせいで、小柄なたぬ吉は吹き飛ばされてしまった。

「ちょ、大首さん⁉　流石にこれは……！」

堪らず、間に入ろうとするも、誰かに肩を掴まれて止められてしまった。それは青藍さんで、彼はゆっくりと首を振ると、私の背後を指差した。

釣られて振り向くと——そこには、痛そうに自分の体を摩りながらも、再び大首に寄り添ってあげているたぬ吉の姿があった。

「イテテ……。いいから、僕の話を聞いてくれないか。まったく、君は……」

たぬ吉はそう言うと、バッグからなにかを取り出した。そしてそれを彼女の前に置くと、にこりと笑って言った。

「僕は君と、きちんと結婚するつもりだったよ」

　それは結婚指輪の入ったリングケース。ぱかりと開けると、ケースの中央で美しい石がキラキラと存在を主張していた。

「いつ渡すかタイミングを図っていたんだ。どうやら、僕が珍しい石にこだわり過ぎたせいで、君を待ちくたびれさせてしまったようだね」

　そして、たぬ吉は大首の前に跪くと、顔の高さにリングケースを掲げて言った。

「たとえ、僕と結婚したことで、君の姿が今と変わってしまっても、変わり者の僕を好きだって言ってくれる君が、堪らなく好きだよ。結婚してくれないか」

　優しい声で紡がれたプロポーズの言葉。そこには、溢れんばかりの愛情が籠もっていて――一瞬、硬直していた大首は、くしゃりと顔を歪めると、どろんと煙を纏ってその姿を消した。

「は、早く言ってよ。馬鹿ああああああ！」

　そして、煙が晴れた場所に現れたのは、小さな小さな雌の狸。彼女はリングケースを大切そうに胸に抱くと、たぬ吉に思い切り縋り付いて――また、大粒の涙を零したのだった。


「結局、ただの痴話喧嘩だったってわけ？　あーあ……」

ふたりを見ていた青藍さんは深く嘆息すると、やれやれと肩を竦めてこちらを見た。すると、途端にギョッとして顔を引きつらせた。何故ならば——私が、顔をぐちゃぐちゃにして泣いていたからだ。

「よがっだでずねえええ……」

「アンタ、酷い顔よ。……ほら」

「ありがどうございま……ズビーッ！」

「ひぃ！　アタシのお気に入りのハンカチ！」

本当に上手く行ってよかった。一時はどうなることかと思ったけれど……結果的に、すれ違っていたふたりの仲を取り持つことができて、心底嬉しい。

「紆余曲折ありましたけど、あのふたり、変わっている部分も、そうでない部分も許容し合って、手と手を取り合える相手と巡り会えたってことですよね。……はあ。ため息が出るくらい、それって素敵なことですね」

彼らには幸せになって欲しいものだ。借りたハンカチで涙を拭い、今もなお抱き合っているふたりを眺めていると、青藍さんが呆れたように言った。

「それにしても……アンタ、男に捨てられたんだったわよね？　ああいうのを見て、嫉妬とかしないわけ？」

その問いに、私は思わず首を傾げた。

「どうしてです？　他人は他人でしょう？　羨んでも、自分が結婚できるわけじゃありませんし、他人の幸せは、素直に祝福してあげたいじゃないですか。それに見てくださいよ。あの可愛い狸を、あの男と一緒にしたら、狸が可哀想……」

そこまで言いかけてやめる。脳内では、『君って珍しい性格してるよね（笑）ひとり焼き肉とかマジ？（笑）へー……俺は無理』という、最高に腹立たしい台詞が再生されていたからだ。

（人の個性を受け入れられない時点で、あの男、狸以下だわ……）

何故、あんなのと結婚しようと思ったのか。当時のことを思い出すたびに首を捻らざるを得ない。結婚を焦るばかりに目が曇っていたのだろうか。

……もしかして、逃げられてよかったのでは？　むしろ、浮気相手が気の毒になってきた。そんなことをぼんやり思っていると、朔之介さんがやってきた。

「橘さん。お疲れ様」

――この人なら、私の他人とは違う部分も含めて、全部受け入れてくれるような気がする。

「ん？　どうしたの？」

「あ、いえ。なんでもありません」

はっとして苦笑いを浮かべる。どうも、アイツのことを思い出すと思考が飛びがちだ。それだけ、捨てられたことが尾を引いているということなんだろうけれど。私は素早く思考を切り替えると、青藍さんと朔之介さん、ふたりに向かい合った。

「あの。ふたりとも、少しいいですか？」

そして、深々と頭を下げた。

「今回のことで、初めてお店のお役に立てたような気がします。えっと、なんて言ったらいいかわかりませんが、今後共どうぞよろしくお願いします……！」

するとふたりは顔を見合わせて笑った。

「だから、別にそういうのはいいって言ってるじゃない」

「まだ気にしてたのか。本当に橘さんは真面目だなあ」

そして、ふたりは頷き合うと、今度は私に向かって同時に頭を下げた。

「「こちらこそ、よろしくお願いします」」

――じん、と胸の奥が熱くなる。頬が自然と緩んでしまい、思わず手で押さえた。

よかった。これでやっと、この店の一員だと胸を張って言える気がする。

「これからもっと、頑張ります！」

もう一度、頭を下げる。すると、朔之介さんが楽しそうに笑った。

「これじゃあ、お互い頭を下げ合って一生終わらないよ」

「……ですね」

顔を上げて、肩を竦める。そして――今度は朔之介さんと笑い合った。

「あら？　あらあらあらあら！」

すると、そんな私たちを見た青藍さんが声を上げた。いやに楽しそうに私たちを見ていたかと思うと、朔之介さんの首に腕をかけて、顔を覗き込む。

「なあに、やけに親しげじゃない。なんか距離が縮まってなぁい？　……そういえば、今日一日一緒に出かけていたわよね。なにかあったのね？　そうなのね⁉」

「いや、別に」

「嘘よッ！　あれはアイコンタクトだった！　心が通じ合ってた‼　正直に吐きなさいッツッ‼」

「だから、なにもないって言っているだろ⁉」

騒いでいるふたりを眺めていると、朔之介さんとばっちり目が合ってしまった。彼は、非常に申し訳なさそうに眉を下げると、口パクで「ごめん」と言って――ふ、と優しげな笑みを浮かべた。

「――ッ⁉」

その瞬間、心臓がきゅうと締め付けられた感覚がして困惑する。恐る恐る胸に手を当てると、確かに鼓動は早くなっていて。

（いやいやいや。それはない）

私は慌てて頭を振ると、その可能性をすぐさま打ち消した。

「もう、朔は意固地なんだから。じゃあ、こっちに聞くわ！　詩織ちゃあああああん？　今日あったことを教えてくれる～？」

「な、なにもありませんでしたー！　あ、母に上手く行ったと報告してきますね！」

どくんどくんと、自己主張している心臓には、気づかなかったことにして。
私は、青藍さんから逃げるために、慌てて厨房に飛び込んだのだった。

三章　変わらないもの、変われないもの

カフェの花形はやはり珈琲だ。注文数は他のメニューに比べると桁違いだし、珈琲が美味しいお店は、常連客が多いような印象がある。豆にこだわるとか、淹れ方を工夫しているとか、店によって特色はあるだろうけれど、私は、なによりもそれを淹れる人の「心」が大きく影響するのではないか、と思っている。

「心」は味を決める、決定的なスパイスだ。

今日も、店では一杯の珈琲が淹れられている。作り手はもちろん、朔之介さんだ。

この店のために配合された珈琲豆を丁寧に挽き、ドリッパーにセットしたフィルターの中に入れる。そして、ケトルを手にして、おもむろにそれを傾けた。少量のお湯が注がれると、もこもこと粉が膨らんできて、途端にふわりと香ばしい香りが辺りに広がった。すると、店内のお客さんも、くん、と鼻をひくつかせて、一様に頬を緩める。蒸らし終わりを待っている彼の瞳は、どこまでも真剣だ。

やがて、朔之介さんはもう一度ケトルを手に持ち、再びお湯を注いでいった。

毎日繰り返していることとあって、彼の動きに淀みはない。朔之介さんの、ほっそりとしているけれども、男性らしい骨ばった手が、みんなが待ち望む一杯を作り上げていく。

（……綺麗）

その流れるような動き、彼の纏う雰囲気に思わず見惚れる。彼が、一杯一杯、丁寧に淹れる珈琲は、飲んだ者の心を満たしてくれる。一度、試しに私も挑戦してみたけれど、なかなか彼のように美味しく淹れることはできなかった。一見、お湯を注ぐだけに見えるその行為は、非常に奥が深い。蒸らしの時間、珈琲豆の量、お湯の温度に注ぎ方……きっと、何度も何度も試行錯誤を繰り返した結果、今の味ができ上がったのだ。そして、この店は多くの常連客を獲得した。そのことはとても尊いことだと思うし、それを続けてきた彼も――。

「――ブレンド、上がったよ」

「あ。は、はいっ！」

ぼうっと物思いに耽っていた私は、声をかけられて、慌ててお盆を手に取った。すると、急いでカップを持とうとして――。

「あっつう‼」

火傷しそうになって、思わず手を離す。カシャン、と皿とカップが触れ合う音がして、ドキリとする。しかし、幸いなことにカップは割れずに済み、ホッと息を漏らした。すると、途端にどっと笑いが起こって、あちこちから声がかかる。

「詩織ちゃん、落ち着いて～」

「橘殿は、せっかちであるな」

「まあ、もし割っちまっても、俺が一緒に謝ってやんよ！　ワハハハ！」

声をかけてくれたのは、常連客の骸骨の田中《たなか》さん、落ち武者の与一《よいち》さん、化け狸の源五郎《げんごろう》さんだ。大笑いしていた彼らは、笑いが収まった途端に、店の一角に集まって、コソコソとなにやら話し始めた。

「源五郎殿、簡単に請け負ってよいのか？　青藍殿は怒らせると非常に怖い」

「確かに〜。怒気の余波で肋骨が外れそうになるもんね」

「んん!?　じゃあ、カップ割っちまったらどうすりゃあいいんだよ」

「うーん……土下座？」

「いや、そこは切腹であろう？」

「この歳で、腹掻っ捌くのはちょっとなあ……」

「ハハハ……」

私は、「平穏無事で済む、青藍さんへの謝罪方法」を話し合い始めた、常連のあやかしたちに向かって愛想笑いを浮かべると、気を取り直して珈琲を客席に運んだ。けれど、どうにも気が晴れない。とぼとぼと肩を落として戻ると、いつもの席でお酒を飲んでいた青藍さんが、ニヤニヤ笑いながら私に言った。

「朔に見惚れる気持ちはわかるけど、カップ、割らないでよ？」

「……なっ、なにを言ってるんですか、まったくもう!!」

「ウフフ、イケメンって罪ねえ〜」

図星を指されたのが恥ずかしくて、青藍さんの視線から逃れるように、慌ててカウンターの奥に引っ込む。手を確認してみると、ほんのりと赤くなっている。少し冷やした方がいいかもしれない。

（冷やした方がいいのは、私の頭もだなあ。……本当、我がことながら呆れる）

キッチンに移動して、流水で手を冷やしながらひとり考える。先日、七里ヶ浜で彼と話した時から、どうも変だ。胸の辺りに意識を向けると、とくんとくんと激しく脈打っているのがわかる。私は大きく息を吸うと、ゆっくりと時間をかけて吐いた。

（……気のせいだったらよかったのに）

——どうやら、性懲りもなく、恋をしてしまったらしい。

そもそも、恋人に裏切られ、傷ついた心を癒やすために鎌倉にきたのだ。ずっとまでは言わないけれど、しばらく恋なんてしたくない……はずだった。

勘弁して欲しい。今、恋をしたって、裏切られるのではとビクビクしてしまうに決まっている。しかも、相手が朔之介さんだなんて、絶対に釣り合わない。あんなに恰好よくて性格がいい彼には、私なんかよりも相応しい相手がいるはずだ。

（もう、アラサーなんだし。恋をするにしても、身の丈に合ったものがいいよね）

……若い頃なら、後先考えずに突撃したのかもしれないけれど。今は、駄目だろうと分かっているのに、自分から傷つきに行く勇気なんてない。

（次の恋の相手とは、結婚も視野に入れたいし。痛い目に合ったばかりで、まだ傷痕

も生々しい状態で考えることではないと思うけど、結婚を諦めたと切り捨てるほどには、年齢を重ねていない）

それに、そもそも彼はあやかしだ。人間ですらない相手に恋をしたって、報われるものなのだろうか――？

ため息を零して瞼を伏せる。

なんでもできると思っていた十代。色々なことを経験して学んだ二十代。そして、今。この先、私にはなにが待っているのだろう。昔ほど夢見がちではいられない。しっかりと地に足をつけて、確実に前へ進まなければと思う。

――ああ、アラサーの恋は面倒だ。

「……この気持ちは忘れよう。うん、それがいい」

ひとりごちて、蛇口を捻って水を止める。そのうち、この気持ちも冷めるだろう。恋なんてものは熱湯のようなもので、一度熱くなれば、後は徐々に冷めていくだけだ。そう、心に決めた時――ふと、手元に影が差した。

「大丈夫だった？」

「……あっ……」

顔を上げて隣を見ると、知らぬ間に朔之介さんがやってきていた。彼は、心配そうに私の手元を覗き込むと、おもむろに手を伸ばした。

「見せて」

そして、私の手を取るとまじまじと見つめる。そして、ほうと安堵の息を漏らすと、光の当たり具合によっては、金色にも見える瞳をうっすらと細めて笑った。

「うん、薬を塗るほどじゃないみたいだ。でも、気を付けてね？」

「…………はい」

水で冷やされた手に、彼の体温がじわじわと伝わってきて、やたら熱く感じる。ほっそりとした――けれども、随分と大きな手が、私のそれに触れている。

「あ」

するとその時、朔之介さんが急に手を離した。そして彼は、少し視線を彷徨わせた後――頬をほんのりと染めて、照れ臭そうに歯を見せて笑った。

「心配だったから、つい触れてしまった。悪かったね、怒らないでくれよ」

朔之介さんはそう言うと、充分に冷やしてからおいでと言い残して、カウンターへと戻っていった。りん、と彼の髪飾りが涼やかな音を残していく。私はその音を聞きながら、脱力してシンクに手をつく。はあ、とお腹の底から息を吐いて、熱くなった頬に手で触れた。

「お、怒るもんですか。朔之介、さんの、馬鹿……」

（ああ。忘れるって決めたのに！　もう！　もう、もう、もう……！）

――イケメンの無意識な優しさほど、罪深いものはない。そんなことをぼんやり思いながら、私は、ずるずるとその場に座り込んだのだった。

ところ変わって、ここは北鎌倉駅からほど近い場所にある住宅街。少し歩くと、紫陽花で有名な明月院がある。円覚寺《えんかくじ》擁する六国見山《ろっこくけんざん》がすぐ近くにあり、非常に緑の多い場所だ。この辺りは、歴史的風土保存区域や、歴史的風土特別保存地区に指定されていて、新築、増改築、土地形質の変更、木竹類の伐採などをするのに、許可を受ける必要がある。そのためか古い家が多く、比較的新しい建物が並ぶ鎌倉駅周辺に比べると、雰囲気が異なる。それもあって、明月院通りに面して建っている家々は、一風変わった造りをしている。近くを流れる明月川を跨いで、小さな橋が門戸と通りを繋いでいるのだ。私は、その中の一軒に休憩時間を利用してやってきていた。

「助かったわ。この日傘、お気に入りだったの」

「最近は、日差しの強い日もありますから……」

「ウフフ、心配してくれたのね。嬉しいわ。よかったらお茶を飲んでいって頂戴」

そう言って私に微笑みかけてくれたのは、カフェの常連客の菊江《きくえ》さんだ。

菊江さんは先祖代々鎌倉に住んでいて、ここは彼女の持ち家だ。彼女は、あの店に若い頃から通っているらしい。そんな彼女も、すでに八十代。髪はまるで雪のように白く、それを上品にお団子にして纏めている。目尻には笑い皺ができていて、なんとも優しそうな雰囲気を纏っている。さらりと和装を着こなしている姿は、日本女性の理想形のようで、実はちょっぴり憧れていたりする。

天気がいいからと庭に通された私は、縁側に座って休憩することにした。

お茶を用意するからと、母屋に入って行った菊江さんを見送った私は、誰も周りにいないのを確認すると、体をぐんと伸ばした。すると、暖かな日差しが全身に降り注いできて、そのあまりの心地よさに頬を緩めた。

「いい天気だなあ……」

私がなにをしにきたのかというと、菊江さんの忘れ物を届けにきたのだ。常連である彼女は、カフェにほぼ毎日やってくるから、無理に届けなくてもいいとわかっていたのだが、わざわざやってきたのにはわけがある。正直なところ、休憩時間くらい、朔之介さんと離れたかったのだ。

（あー……。この歳になって、こんなことをするはめになるとは）

好きな人を露骨に避ける……まるで、思春期の女子のような自分の行動に苦笑しながら、目の前に広がる庭を眺める。

花壇では、春の花々が盛りを迎えていた。中央には大きな藤棚があって、その下には椅子とテーブルが設えてある。きっと、藤の花が満開の頃にあそこに座ると、心地いいに違いない。耳をすませば、さらさらと明月川の流れる音が聞こえる。庭を風が吹き抜けていくと、葉擦れの音が降り注ぐように聞こえてきて、これもまた心地がいい。家屋は通りから少し離れているからか、観光客の声が遠いのもいい。将来、終の棲家を構えるとすれば、こういう場所が理想かもしれない。

「お待たせ」

するとそこに、お茶の支度を終えた菊江さんが戻ってきた。

「素敵なところですね。なんというか、ゆっくりと時間が流れている感じがして」

菊江さんは私の隣に座ると、小さく笑った。

「ありがとう。私も気に入っているのよ」

「なんだか空気が瑞々しい気がします」

「そう？　フフ、いつもいるからよくわからないけれど、川が近いせいかしらね？そうそう、そこの明月川ね、六月頃にはホタルが飛ぶのよ」

「ホタル！　本当ですか？　見てみたいなあ……！」

思わぬ情報に、心が湧き立つ。夏の夜、暗闇の中でゆらゆら飛び回る幻光を想像して、うっとりする。ホタルなんて、なかなか見る機会はない。それが鎌倉で見られるだなんて知らなかった。しかも、どうやら野生のホタルのようだ。

興奮して、体を乗り出して詳細を聞き出そうとする。けれど、はたと気がついて止めた。これでは、まるで子どもみたいではないか。

「……どうしたの？」

すると、そんな私の様子に気がついた菊江さんが首を傾げた。

「いえ。年甲斐もなく、ホタルに浮かれてしまった自分が恥ずかしくて」

すると、目を何度か瞬いていた菊江さんは、次の瞬間には小さく噴き出した。

「なに馬鹿みたいなこと言っているの。あなた、まだまだ若いじゃない」

「そんな、もうすぐ三十路ですし」

「まあ、私のまだ半分も生きてないわ！　若いわよ」

　菊江さんはからからと楽しそうに笑うと、晴れ渡った空を眺めながら言った。

「三十路前後って悩ましいわよね。十代、二十代前半に比べると決して若くないのだけれど、完全な大人かって言われると、そうでもない気がするし。それに、色々と経験を積んでいる分、器用に生きられるようにはなるけれど、頭でっかちにもなりがち。今までみたいに、素直にいろんなことを楽しめなくなっているんじゃない？」

「……う、耳が痛いです」

　思わず顔が引き攣る。すると、菊江さんは「でも、わかるわ」と続けた。

「あなたくらいの年頃って、多分大人にならなくちゃいけないリミットなのよ。転換期ってやつね。一番難しい年頃だと思うわ。十代は名実ともに子どもよね。二十代は社会的責任はともかくとして、気持ちだけは子どもでいられる。でも、三十代が近づいてくるとそうはいかない。その先を見据えて、どうあがいても大人にならなくちゃいけない。でも……本当は大人になりたくないような、そんな感じ」

「そうなんですよ……」

　私は、菊江さんの言葉に大きく頷くと、苦笑しながら言った。

「白髪が出てきたり、昔と同じお手入れじゃ肌が荒れるようになったりして、確実に老化を感じ始めているんですけど、心のどこかでは昔と変わらないはずだって、諦められない気持ちもあるんですよね……」

「そうなのよね。特に筋肉痛ね。何日か遅れてやってくるでしょう？　痛くなってくる頃には、なんで痛めたのかすら忘れてる」

「脂が足りなくて、すぐ手足がカサカサになるし」

「冷えるとすぐ体がむくむし」

そこまで喋り終えると、私たちはお互いに顔を見合わせて、クスクスと笑った。

「フフフ、おっかしい！　菊江さんもそうだったんですね」

「いつの時代も『あるある』は変わらないわね。でも、まだまだよ。四十路《よそじ》を越えると、また違う悩みが出てくるわ」

「うわあ……。勉強になります」

うんざりしていると、菊江さんは茶目っ気たっぷりに言った。

「なんでも訊いて頂戴。全部、経験済みなんだから」

「フフ。頼りになります」

「でも、いいじゃない。そんなに悩まなくても。あなた素敵な彼氏がいるのだし、今を目一杯、愉しめばいいと思うのだけれど」

「へっ⁉」

菊江さんは口元を手で隠すと、にんまりと笑って言った。

「朔之介さんの彼女なんでしょ？」

「違います‼」

「まあ、照れちゃって」

「違いますってば……」

私は、がっくりと項垂れた。どうも、うちの店の常連客の中では、私は朔之介さんの「大切な人」という扱いになっているらしい。そのことを言われるたびに否定しているのだが、みんなニヤニヤ笑うばかりで、何度も同じことを言ってくるのだ。

彼への恋心を封印しようと苦心しているところに、正直、これにはほとほと困っていた。青藍さんが、いままで他の女性を絶対に雇わなかったという事情もあり、ある日突然現れた私には、なにか事情があるに違いないと勘ぐっているらしいのだけれど、そんなの知ったことではない。

私は菊江さんを恨めしげに見つめると、唇を尖らせて言った。

「そもそも、私と朔之介さんじゃ、ちっとも釣り合わないいじゃないですか。いい加減しつこいですよ、まったくもう。どうしてそう思うんです？」

私の言葉に、菊江さんは僅かに目を見開くと、呆れたと首を振った。

「もしかして気がついていなかったの？　あのね――」

菊江さんが口を開いた、その時だ。

「なぁん」

猫の鳴き声が聞こえたかと思うと、なにかが菊江さんにすり寄っていった。見ると、それは黒猫だった。ぴんと尻尾を立てて、甘えた声を出して、彼女の手にしきりに額を擦り付けている。菊江さんはそれに気がつくと、柔らかな笑みを浮かべて黒猫を抱き上げた。

「タマ、おかえり。あらあら、甘えん坊さんね」

「無視すんなよ、遊ぼうって～」

更にやってきたのは、私のボディーガードをしてくれている三毛の猫又、サブローだ。彼は、菊江さんの腕に抱かれた黒猫の鼻先に顔をしきりと近づけている。けれども、どうやら振られてしまったらしい。黒猫にそっぽを向かれて、サブローは私に泣きついてきた。

「タマったら酷いや。慰めてくれよう、詩織姉さん～」

「はいはい。残念だったね」

サブローを抱っこしてやりながら苦笑する。

黒猫のタマは、菊江さんの飼い猫だ。後ろ足が悪いらしく、少しぎこちなく歩く姿が特徴的な子で、サブローとは昔なじみ。一見、とても可愛らしく見えるのだが、サブローいわく、昔はかなりやんちゃだったらしい。

サブローは、私の腕の中からタマに恨めしげな視線を送ると、昔を懐かしむかのように言った。

「前はさぁ、鎌倉の端まではるばる鼠を捕りに行ったじゃないか。ボス猫に挑んで勝ったこともあったっけ。なのに、最近ちっとも遊んでくれないよな。ちぇっ。タマも歳を取ったもんだね。あーあ。猫ってすぐにいなくなるから、つまんないや」

べーっと、桃色の舌を出したサブローは、お返しだとばかりにツン、とそっぽを向いた。そう、タマは猫又のサブローと違って普通の猫だ。それも、齢十七歳にもなる高齢猫だった。けれども、気持ちは若いままらしい。タマはサブローに向かって牙を剥き出しにすると、威嚇音を発した。

「うっ……。なんだよ、怒るなよ。年寄り扱いしたのは謝るよ……」

サブローは、猫又のくせにタマよりも立場が弱いらしい。ひょいと私の肩に登ると、まるで襟巻みたいに私の首に巻き付いて、降参だと言わんばかりに三本の尻尾を振った。そんな二匹を面白く思っていると、ふと菊江さんが呟いた。

「この子も、早く猫又になればいいのにねぇ……。そうしたら、もっとたくさん走り回れるし、死ななくて済むのに」

菊江さんは、ぽつりと呟くと、タマの背中を愛おしそうに撫でてやっていた。根っからの鎌倉っ子である菊江さんからすると、生き物があやかしになることは、そう不思議なことではないらしい。

「早く化けておいで」

彼女は、当たり前のようにそう言うと、タマの背中をゆっくりと撫でた。

さわ、と水気を含んだ風が頬を撫でていく。木漏れ日が差し込む古びた家の縁側で、猫を穏やかに撫でる菊江さんの様子は、自然と風景に馴染んでいる。おそらく、これが彼女たちの日常なのだろう。

老女と老いた猫が紡ぐ、なんとも穏やかなひととき。私は、彼女たちが作り出す世界がなんとなく眩しく思えて、目を細めてそれを眺めていた。

ゴールデン・ウィークの恐ろしいほどの混雑が過ぎ去り、やっと一息ついたある日のことだ。朝の身支度を終えた私は、いつも通りに二階からカフェに降りて行った。すると、開店前の店内に、ある人物がいることに気がついて驚いた。それは、菊江さんだった。

「あら、おはよう！」

彼女は、私に気がつくとひらひらと手を振った。それを見た瞬間、私は思わず笑みを零した。何故なら、菊江さんの今日の装いが、いつも以上に素敵だったからだ。

上品に仕立てられた、灰色がかった藤色の、三つ紋の訪問着。それに、金糸が使われた上品な袋帯。それは、彼女が生来持っている穏やかな雰囲気を、更に柔らかくしてくれている気がして、とても似合って見えた。

「おはようございます！　今日のお着物、とっても素敵ですね」

私の言葉に、菊江さんは自分の恰好をちらりと見下ろすと、なんとも可愛らしくはにかんだ。

「これね、昔、母に貰ったものなのよ。フフフ、いいでしょう?」

「菊江さん、綺麗です……!」

「ありがとう。嬉しいわ」

するど菊江さんは、カウンターの上に置いてあったものを指差した。

「わざわざ開店前にきたのはね、これを譲りにきたの」

そこにあったのは、茶色い陶器の瓶《かめ》だった。なにが入っているのかと、興味津々で蓋を開ける。

「うっ!」

すると、酸っぱくてなんとも言えない複雑な臭いがしてきて、思わず顔を顰めた。

息を止めて、恐る恐る中を覗き込むと——そこには、湿り気を帯びた、黄褐色の物体が詰まっていた。

「……あれ、これって」

見覚えのあるそれに思わず声を上げると、菊江さんは朗らかに笑って言った。

「ぬか床よ。私が結婚した時に、母から分けて貰ったものなの。どんな野菜も美味しく漬かるのよ」

「わ! じゃあ、随分と年季が入っているんですね」

するとそこに、朔之介さんがやってきた。どうやら、キッチンでぬか漬けを切ってきたようだ。手に皿を持っている。

「味見してごらんよ。美味しいよ」

「へー……いただきます！」

皿の上には、少ししんなりとした、色鮮やかな野菜たち。私はきゅうりを摘まみ上げると、口に放り込んだ。しゃくん、と水々しい歯ごたえ。ほのかに感じる良い塩気に、熟成された旨みと酸味が絶妙に入り混じったその味は絶品だ。ご飯にも、お酒にも合いそうなそれに思わず身を捩る。

「ん～！　美味しい！」

「よかった！　これで珍しい西洋野菜を漬けても、いい味になるわよ」

「へえ……！　やっぱり、ぬか床は使い込むほど味がよくなるんですね。こんなものを譲って貰えるだなんて、すごいですね。朔之介さん」

ほっこりしながら、朔之介さんに同意を求める。すると彼は曖昧に笑って頷いた。

「――僕は、今日の仕込みをしてくるよ」

そして、そう言ってさっさと奥に引っ込んでしまった。

（……どうしたんだろう？）

不思議に思いつつも、菊江さんを残して後を追うわけにもいかない。私は、穏やかな笑みを浮かべている菊江さんに、ごちそうさまでしたとお礼を言った。

「それにしても、どうしてこれをうちの店に？」

　すると、菊江さんは少し視線を彷徨わせた後、僅かに目を伏せて言った。

「私……そろそろ、寿命だから」

「――え？」

「身の回りの大切なものを、大好きな人たちに配って歩いているの。『終活』ってやつね。金銭や家は息子たちに遺すつもりだけれど、私以外に価値がわからないものは、放っておいたら捨てられてしまうでしょう？　だから、ね？」

「……」

　私は絶句するほかなかった。目の前の菊江さんからは、病の気配は微塵も感じられず、もうすぐ寿命だと本人が思うほどのものを抱えている様には、見えなかったからだ。その時、ようやく先ほどの朔之介さんの態度を理解することができた。このぬか床は、はしゃいで受け取るような品ではない。所謂、生前に行われる「形見分け」のようなものなのだ。

「……あ」

　彼女になにか言わなければと、口を開く。けれども、胸が苦しくなるばかりで、かける言葉が浮かばない。菊江さんに遺された時間は、一体どれだけあるのか。それを訊いていいのかすらわからない。だって私と彼女はただの店員と客で、それ以上でもそれ以下でもないのだから。

（でも。でも――私は）

彼女とこのカフェでもっと同じ時間を共有していたかった。店員と客として、ほんの少し言葉を交わすだけの関係だけれど、それでも、彼女を好きな気持ちはこの胸の中に芽生え、少しずつ成長していたのだ。毎日のように店を訪れてくれる彼女の人柄を好ましく思っていたし、菊江さんのいる日常が、これからもずっと続くのだと思っていたのだ。なのに——こんなことって。

「まあ!」

すると、菊江さんは顔を皺くちゃにして笑うと、そっと私の頬に両手で触れた。

「まるで、泣きそうな子どもみたい」

近くで見る菊江さんの瞳は、まるで凪いだ海のように穏やかだ。決して、死を恐れている人のそれではない。彼女は、ひんやりした……それでいて、乾いた手で私の頬を撫でると、どこか遠くを見て言った。

「大丈夫、大丈夫よ。気を使わなくてもいいの。人に終わりはつきものよ。あやかしみたいに、永遠に生きられないのだから、理解しなくてはね」

「あの、菊江さんは——あやかしにはならないんですか?」

思わず尋ねると、菊江さんはクスクスとおかしそうに笑って言った。

「私があやかしに? 駄目よ。覚悟も、『未練』もなにもかも足りないもの。神様が居残りさせてくれないわ」

あやかしと人間が共存する、この奇跡みたいな土地であれば、どうにかなるのではないかと思ったが、そう簡単なことではないらしい。菊江さんがいなくなることは避けられない。それを知って落胆していると、菊江さんが何故か嬉しそうに笑っているのに気がついた。

「……どうかされましたか？」

「あら、ごめんなさいね。笑うっておかしいわよね。でもね……フフ、変な話だけど、ちょっぴり嬉しいの。ひねくれた考えかもしれないけれど、あなたの心の中に、ほんの僅かでも私がいると知れたから。それに――」

そこまで言うと、菊江さんは急に黙り込んでしまった。そして、彼女は僅かに逡巡《しゅんじゅん》した様子を見せると、指先で後頭部の辺りにそっと触れた。そこには綺麗に纏められたお団子があり、藤の花がデザインされた漆塗りの櫛が刺さっているのが見えた。艶のある漆の黒に、花の紫色。それにまぶされた金粉の鮮やかさに、思わず目を奪われていると――菊江さんは、はあ、と息を吐いた。

「……なんでもないわ。ごめんなさいね。戸惑わせてしまったわね」

菊江さんは小さく苦笑すると、私から離れた。そして、立てかけてあった日傘とキャリーケースを手に持つと、足先を店の入口の方に向けて言った。

「なにも、すぐにいなくなるわけじゃないわ。これは、『準備』。だから、そんな顔をしないで。明日も明後日も、またこの店にくるんだから。……ね？」

「………はい」

やっとのことで、声を絞り出して返事をする。すると、菊江さんは益々眉を下げて、やけに明るい声で言った。

「まったくもう、迷惑な年寄りよね！　余計なことばかり言って。――忘れて？　私、しんみりした空気は好きじゃないのよ。じゃあ、行くわね。今日は、知り合いの家をたくさん回らなくちゃいけないから、忙しいの」

菊江さんはそう言うと、小さく手を振って店から出て行った。入口の引き戸が閉まるのを見届けると、やけに疲労感を感じて、近くにあった椅子を引いて座る。そして、知らぬ間に止めていたらしい息を、やっとのことで吐き出した。

「……はー……」

椅子に背を預けて天井を仰ぎ、強張っていた体から徐々に力を抜いていく。この歳になると、身近だった人が亡くなることはないわけではない。私の祖母も、つい先ごろ他界した。だから、若い頃よりは「誰かの死」を受け入れる余裕はある……と、思うのだけれど。

（なんでこんなに、しんどいんだろう）

胸の辺りを摩りながら、顔を顰める。そして、目を瞑ってこの店の日常を思い浮かべる。常連客には指定の席がある。観光客が大勢やってくる前の朝のひとときは、いつものお客さんだけの特別な時間だ。その光景から、菊江さんの姿を頭の中で消してみる。それは、とても不自然な景色に思えて、思わずぐっと奥歯を噛みしめた。

――からり。

その時、カフェの入口の引き戸が開いた音がした。菊江さんが戻ってきたのかと、慌てて態勢を整える。けれども、そこに現れたのは別の人物だった。

「あら、おはよう」

「おはようございます！　どうしたんです？　今日はやけに早いですね」

やってきたのは、青藍さんだ。普段は昼頃でないとこないのにと思っていると、彼は憂鬱そうにため息を漏らして、自分の腕の中に視線を落とした。

「――ちょっと、ね。この子の説得に手間取っちゃって」

「……説得？」

不思議に思って、青藍さんの腕の中を覗き込む。すると、金色の双眸と目が合ってしまって、思わずぱちくりと目を瞬いた。

「なぁん」

そこにいたのは、菊江さんの飼い猫のタマ。年老いた黒猫は、ふいと私から視線を逸らすと、これみよがしに、ふわ、と大きなあくびをした。

――青藍さんいわく、タマには、猫又になる素質が充分あるのだという。猫又になれる猫は貴重だ。長い年月を生きることのほかに、この世に「未練」を充分に残していることが条件で、それを満たす猫はなかなか現れない。大抵の猫は、今生にそれほど未練を抱くことなく、あっさりと次の生へと行ってしまうのだという。

「せっかくのチャンスなのに。この子、本当に強情でね。猫又になるのは絶対に嫌だって、拒否しているのよ」

説得に手間取ったというのは、タマを猫又に引き入れることだったらしい。青藍さんは大きくため息をつくと、タマを撫でようと手を動かした。……が、その手は黒い毛並みに触れることはなかった。タマが、するりと青藍さんの腕から逃げ出してしまったからだ。とん、と軽やかに床に下り立った黒猫は、その場に座り込んで青藍さんを見上げた。なんとなく、ぼんやりとタマの様子を眺めていると、ある声が耳に飛び込んできた。

「気安く撫でようとするんじゃねえよ」

「えっ」

それは、かなり低い、お腹に響くようなバリトンボイス。初めて聞く成人男性の声に、思わずキョロキョロと辺りを見回す。けれども、ここには私と青藍さん、それにタマしかいない。声に該当するような男性の姿は見つけられずに、ひとり困惑していると、足もとからまた声が聞こえてきた。

「なんだァ？　猫が喋ったらなにか変なのかよ？」

――なんと、声の主はタマだったのだ。

「いや、どう考えても変でしょ……」

　その顔で、その声はミスマッチ過ぎやしないか。思わず脱力していると、タマは私をじろりと睨みつけて、不満そうに尻尾で床を叩いた。

　なんと、猫又に「なりかけ」のタマは、人語を解しているし、喋ることもできるのだそうだ。そのことに驚いていると、タマは鋭い眼光で私を睨みつけて言った。

「俺が喋れるってこと、絶対、菊江には言うなよ」

「どうして？」

「俺は猫だ。猫が喋ったら、不気味だろうが」

　菊江さんなら、愛猫と話せると知ったら喜びそうなものだけれど。そう思いつつも、色々と事情があるのだろうと頷く。するとタマは、不自由な後ろ足をひょこひょこ動かしながら、まるで見回りをするかのように店内を歩き出した。そして、くんくんと鼻をひくつかせて、店内をぐるりと眺めるとしみじみと言った。

「……菊江がきていたのか。そうか」

　そして、すぐさま半目になると、青藍さんを睨みつけて言った。

「猫又になる話だが、とにかくお断りだ。俺はあやかしにはならねぇ。なにがチャンスだ。強要するんじゃねぇよ」

「強要だなんて！　アタシ、そんなつもりは……」

「嘘つくな。お前は、俺が猫又になることが幸せだと思ってるんだろ。そういう考えが透けて見えるんだよ。押し付けがましい。猫によっちゃあ、飛びつく奴もいるんだろうが、俺は永遠の生なんかには興味ないんだ。放っておいてくれ」

タマは、青藍さんに鋭い眼差しを向けると、また尻尾で床を叩いた。よほど猫又になりたくないらしい。不機嫌さを隠そうともしないタマの姿と、先日、素直に菊江さんに甘えていた時のタマの姿の、あまりのギャップに面食らう。同時に、あやかしとしての生に興味はないと言い切った彼の言葉に、矛盾を感じた。

私は、気を取り直すと、タマに尋ねた。

「なら、どうして猫又の素質があるの？　猫又になるためには、長生きをすることのほかに、この世に強い『未練』がないといけないんだよね？　その『未練』を解消するためには、猫又になって得られる永い時間は有用じゃないのかな」

するとタマは、じろりとこちらを睨みつけてきた。その、あまりにも強い眼力に、思わずたじろぐ。けれども、ここで逃げたらいけないと、ぐっと堪えた。すると彼はどこか面倒くさそうに、はあ、と大きくため息をついた。

「別に難しいことはなにもない。至って単純な話だ。俺の持つ『未練』は、猫又になるほどのことじゃねえってだけだ」

そして、ふいに視線を逸らし、自分のことをぽつりぽつりと話し始めた。

彼の辿ってきた猫としての生は、どこかで聞いたことのあるものだった。子猫の頃、飼い主に捨てられたタマは、たまたまそこを通りすがった菊江さんに拾われた。捨てられ、一時は絶望した彼は、菊江さんに救われたのだ。

「菊江は、でかい一軒家にひとり暮らしだろ？　旦那には先立たれて、子どもは独立しちまって、寂しかったんだろう。随分と可愛がってくれたよ。俺らは、心にぽっかり空いた穴を、お互いの存在で埋めていた。似た者同士だったんだ」

タマはぺろりと前足を舐めると、そのまま、己の不自由な方の足に視線を向けた。

「車に轢かれた時は、正直、ヒヤヒヤしたけどよ。菊江は、俺を見捨てたりなんてしなかった。『家族』だと、心から大切にしてくれた」

そして、うっすらと目を細めると、顔を上げて言った。

「特別な理由も、事情もなにも必要ねえ。俺の居場所は菊江の傍にある。菊江あってこその俺だ。なあ、菊江がいなくなった世界で、誰が俺を受け入れてくれる？」

「探せば、きっとどこかに……」

「そんなの、どこにいるんだよ。それに、それは俺の『家族』じゃねえよ。『引き取り手』や『預かり先』であって、菊江と同じ温かさで笑いかけてはくれないし、菊江と同じ手付きで撫でても、話しかけてもくれない」

タマはその場で座り直すと、まんまるの瞳で私を見つめた。その瞳は、どこまでも透き通っていて、上質な琥珀のような黄褐色をしていた。……しかし、べっこう飴のように、甘く無邪気な印象もあって、その瞳に映り込んでいる自分が酷く滑稽なものに思え、堪らず視線を逸らす。

「俺の望みは、菊江に遺されないこと。菊江を遺さないこと。俺の『未練』は、菊江の最期まで一緒に生きていたいってことだけだ。正直、この体はもうボロボロでな。いつコロリと逝くかと、不安しかねえが……踏ん張るしかねえな」

——自分は、菊江さんのため「だけに」ある。言外に彼はそう言っているのだと感じて、胸が苦しくなる。するとタマは、嬉しそうに目を細めて、ニッとふてぶてしく口角を上げて言った。

「それにな。——俺の隣に、菊江以外がいるなんて、想像もつかねえよ」

その時、私は理解した。良くも悪くも、彼は猫なのだ。

「犬は人につき、猫は家につく」ということわざがある。意味としては、犬は人間に懐くが、猫は家に執着するというものだ。それをそのままの意味で受け取ると、猫は犬に比べると、人間のことはどうでもいいと考えているように思える。けれどもそれは違う。私は、猫はそれぞれに、小さな世界を持っているのではないかと思っている。家飼いであれば、その家の中。外飼いなのであれば、縄張りの範囲内——限られた、その猫だけの「楽園」で生きていて、そこに住まうものの中で、気に入った相手やモノ……例えば飼い主に執着するのだ。

人間である私は、自分が今いる世界以外——外の世界に目を向けることができる。この広い世界に、一体どれだけの人間がいるというのだろう。その中に、菊江さんと同等か、それ以上の愛情を注いでくれる相手がいるかもしれないという「可能性」を考えることができる。けれども、限りなく小さな世界で生きる彼らには、それを想像することができない。何故ならば、世界が完結しているからだ。

　今のタマが持つ世界――小さな彼の「楽園」には、きっと自分と菊江さんだけが存在しているのだ。そして、そのことに満足している。だから、それ以上を求める意味もない。正直なところ、私はそれが悪いことだとは思えなかった。

（この子は、自分にとっての『唯一無二』を見つけたんだ。自信を持って、他はいらないと断言できるほどの相手を）

　こっそりと長く息を吐く。僅かに心拍数が上がっている気がする。その黒くて小さな体が、やけに大きく感じる。彼は、私が得られていないものを持っている。

　しかし、青藍さんはそうは思わなかったらしい。

「でも、アンタ。生きられる可能性をわざわざ捨てるだなんて……歳を取って、悲観的になっていない？　本当にそれでいいの？　後悔は――しない？」

　彼がそう問いかけると、タマはふんと鼻を鳴らしてそっぽを向いてしまった。青藍さんがそう思うのも理解できる。タマの行動・判断は、自分の周り以外の世界を知っている者なら、己の可能性を無駄にしているようにしか見えない。死に際して、自暴自棄になっているように思える。長いこと、猫又として生きてきた青藍さんは、いろんな世界を知っている。元は同じ猫だったとはいえ、どちらかというと、人間のような考えを持っているのかもしれない。

　するとその時、カタン、とキッチンの方から音がした。驚いてそちらに目を遣ると、そこには険しい表情を浮かべた朔之介さんが立っていた。

「朔？」

青藍さんが声をかけると、朔之介さんはツカツカとこちらに近寄ってきた。その顔は、どこか怒りを堪えているように見えた。なんとなく、怒鳴られる予感がして身構える。けれども、彼は私たちの前にはこずに、おもむろにタマを抱き上げると、こちらに背を向けてしまった。

「青藍。今の発言は、相手の気持ちをきちんと考えた上でしているのかな？」

いつになく固い声を発した朔之介さんに、胸の奥がざわつく。そんな彼の態度に青藍さんも動揺したのか、すぐに答えられずに言い淀んでいる。すると、朔之介さんは更に強い口調で言葉を重ねた。

「置いていかれた者の気持ちを、理解した上で言っているのかと、訊いているんだ」

「そ、それは」

「なにも考えてなかっただろう。青藍には、力があるからね。たとえ、大切な人に置いていかれたとしても――僕たちと違って、どこにでもいけるだろうしね。この気持ちは、きっと理解できない」

「……朔」

青藍さんは、答えに窮しているようで、言葉に詰まってしまった。すると、朔之介さんは腕に抱いているタマに向かって言った。

「僕は、君の好きなようにしたらいいと思うよ。ねえ、タマ。君にとって、この一分一秒はとても貴重なもののはずだ。早く帰ったらどうだい」

「おお、確かにそうだな。お前は物分りがよくて助かるぜ」

タマは朔之介さんの手の中から飛び出すと、入口の方へと歩いていった。そして、こちらを振り向くと――。

「悪いな。俺は『ただの猫』として、菊江と共にあり続ける。――じゃあな！」

そう言って、帰って行った。

「……僕も少し出るよ」

すると、朔之介さんは身につけていたエプロンを外して、おもむろに歩き出した。

「ど、どこに行くんですか」

思わず声をかけると、彼は一瞬だけ立ち止まった。そして、ぽつりと開店までには戻ると言い残して、店外に向かう。彼の髪飾りの鈴が、りん、と冷たい音だけを残して消えていった。すると、盛大なため息と共に椅子を引く音が聞こえた。見ると、青藍さんが落胆した様子でぐったりと椅子の背にもたれかかっている。彼は、天井を仰ぐと、ぽつりと呟いた。

「ああ、やっちまった」

溢れた言葉は、いつもの女性らしい言葉遣いではない。それが、彼の心情を表しているようで、ドキリとする。

私は少しだけ逡巡すると、意を決して朔之介さんの後を追った。店から出ると、朔之介さんの姿を探す。すると彼は、青葉が茂り始めた桜の木の下で、幹に向かってひとり佇んでいた。

「朔之介さん」

声をかけると、彼は、ゆっくりとこちらを振り返った。

——ああ。胸が痛い。苦しくて、辛くて、上手く息ができない。

朔之介さんの青ざめた顔、下がった眉、不安そうに揺れる瞳——今にも泣き出しそうな彼を無性に慰めたくなって、けれども自分の中にちょうどいい言葉を見つけられずに唇を噛む。朔之介さんも、私を見ているばかりで、なんのリアクションも取ろうとしない。

黙ったままの私たちの間を、朝の風が通り過ぎていく。葉擦れの音が辺りに満ち、日中に比べると穏やかで透き通った色の木漏れ日が、私たちを照らしている。

「あの、大丈夫ですか？」

やっと口をついた言葉は、なんの捻りもないものだった。もっと言いようがあるだろうに、自分の語彙の少なさに失望する。そのせいではないだろうけれど、朔之介さんから返答はない。私は自分を奮い立たせると、話を続けた。

「店の準備は任せておいてください。えっと——だから」

「……っ！」

無理やり口角を上げる。彼に不審に思われないように、なにも気にしてないという風を必死に装って、精一杯の作り笑顔を浮かべた。

「少し、ゆっくりしてきてください。あ、でも開店前には帰ってきてくださいね。朔之介さん以上に美味しい珈琲を淹れられる人、この店にはいないですから」

するとと、朔之介さんは目を何度か瞬いて、それから頷いてくれた。

「……うん。わかったよ」

「お願いしますね。それにほら、私だけだと、まっ黒焦げなモーニングしか提供できませんからね。そうなったら、常連さんに怒られちゃう！」

続けて、少し戯けて言う。けれど、いつもの彼なら笑ってくれるだろうに、朔之介さんは淋しげな笑みを零しただけだった。

「……じゃ、じゃあ。後で！」

一礼して踵を返す。頭の中では、彼にかけられなかった言葉がぐちゃぐちゃと自己主張していて、うるさいことこの上ない。気の利いた言葉ひとつかけられないだなんて、私って、なんて残念な女なんだろう。脳裏に浮かんでいるのは、朔之介さんの寂しげな顔。続いて浮かんできたのは、七里ヶ浜で聞いた彼の言葉だ。

『そんなに心配しなくても大丈夫さ。僕は、もうとっくに吹っ切れている』

「やっぱり、全然、吹っ切れてなんかないじゃないですか……」

――今回のことは、彼の『未練』に関わることのような気がする。僕たちと違って、どこにでもいける……彼はそう言ったのだ。菊江さんとタマ。ふたりが迎えようとしている『死』。それが朔之介さんの心を揺さぶり、不安定にさせているのだ。

私は、いつの間にか滲んでいた涙を袖で拭うと、駆け足で店内に戻った。すると、青藍さんの姿が店内から消えている。そのことに気がつくと、張り詰めていたものがふっと途切れそうになってしまった。

「……ああ、もーっ‼」

私は、大声を出して気合を入れると、開店に向けて準備を始めた。心の中のモヤモヤを振り払うように、頭をからっぽにして作業をしようと努力する。けれども、ちっとも集中できなかった。

(――ああ、黒猫が羨ましくて堪らない)

私が、タマにとっての菊江さんのような、朔之介さんの唯一無二の存在だったならば、寄り添って慰めてあげられるのに。絶対にあんな顔はさせないのに――そんな考えが浮かんでは消えていく。けれど、この考えは非常に危ない。つい先ごろ、朔之介さんへの想いを忘れると決意した矢先だろうに、私はなにを考えているのだ。

「ほんと、私って」

……馬鹿だなあ。

私はいささか乱暴な手付きで布巾を鷲掴みにすると、もう一方の手で蛇口から勢いよく水を出した。そして、胸にうずまくモヤモヤをぶつけるように、流水の中に布巾を勢いよく突っ込んだのだった。

「ありがとうございましたー」

その日、最後のお客さんを見送って、入口に「CLOSED」の看板を下げる。暖簾を外して空を見上げると、一面に厚い雲が垂れ込めている。地上の灯りに照らされて、うっすらと浮かび上がったどこまでも続く曇り模様は、爬虫類の鱗のようにも思えて不気味だ。私は、ふるりと身を震わせると、早足で店内に戻った。

お客さんのいなくなった店は静まり返っていて、朔之介さんが食器を洗う音だけが響いている。掃除をしながら、奥にいる朔之介さんの様子を窺った。

あの後、彼は何事もなかったかのように帰ってきた。仕事もいつも通りにこなしていたし、今は特に沈んでいる様子もない。それと対照的なのが、青藍さんだ。いつの間にか戻ってきていた彼は、カウンターの隅の指定席で、渋い顔をしてお酒を飲み続けている。そのせいだろうか、店内にはどこか、居心地の悪い雰囲気が漂っているような気がした。

「――じゃあ、僕はそろそろ上がるよ。迎えもきたようだしね」

片付けが終わると、朔之介さんはそう言ってエプロンを脱いだ。その視線は入口の方に注がれていて、それはいつもの客がきていることを示していた。

「にゃー……」

やってきたのは白猫で、青藍さんの部下の猫又だ。この店には、夜になると猫又が必ず一匹やってくる。同じ子が毎回くるわけではなく、その日によってまちまちだ。理由は知らないが、朔之介さんは猫又を連れて自室へ戻るのを日課としている。彼は、いつものようにその子を抱き上げると、私に声をかけてきた。

「珈琲淹れたから、よかったらどうぞ。豆が中途半端に残っちゃって。あ、使った後のカップや、食器は洗っておいて欲しいんだけど……」

「わかりました。やっておきますね」

「うん、よろしく」

朔之介さんは僅かに微笑むと、そのまま二階に上がって行った。その後ろ姿を見送って、カウンターに座る。眼の前には、ホカホカと湯気が上っている珈琲が一杯。私は、香りを胸いっぱいに吸い込んでから、ゆっくりとカップに口をつけた。

「……？」

そして、すぐさま首を傾げた。どうも、いつもと味が違う気がする。豆は同じ店から仕入れているし、淹れ方も普段と変わらないはずだ。けれど、どこか味に曇りがある。すっきりとした味わいが特徴のはずなのに、舌に残るこの微妙な違和感はなんだろう。不思議に思っていると、今までずっと、ひとりちびちびとお酒を飲んでいた青藍さんが声を上げた。

「駄目ね。ああもう、ぜんっぜん駄目だわ」

「どうしたんです……？」

するると、青藍さんはじとりと私を見ると、不満そうに唇を尖らせた。

「わからないわけ？　あの子――無理してるじゃない。珈琲の味が変わるくらい」

「え？」

「すっとぼけたって無駄よ。アンタも変だと思ったでしょ？」

「……まあ、正直なところ」

私はそっとカップの中に視線を落とすと、目を伏せた。珈琲を淹れること自体は、そんなに難しいことではない。けれども、とても奥が深いものだ。微妙な違いが、すぐ味に表れる程度には繊細なものだったりする。私は、珈琲の味には、淹れる人の心がそのまま映し出されるのではないかとも思っている。

――味が曇ってしまったこの珈琲は、きっと今の朔之介さんの心そのものだ。

するとその時、急に青藍さんが立ち上がった。そして彼は私の肩に手を置くと、どこか思い詰めたような表情で言った。

「ちょっと付き合って頂戴」

「――へ？」

カタカタと窓枠が鳴っている。どうやら、風が強くなってきたらしい。朝は穏やかだった鎌倉を渡る風は、時間が経つにつれて勢いを増し、窓が立てる音は随分と大きくなってきていた。

「あら！　いらっしゃい」

「急にごめんなさいね」

「いいのよ。私と青藍の仲じゃない」

青藍さんが私を連れてやってきたのは、菊江さんの家だった。彼女は、急なことだったのに私たちを快く家に迎え入れてくれ、夕食までごちそうしてくれるのだという。始終、笑顔を崩さない菊江さんに、なんとなく申し訳なく思って頭を下げる。

「あの、急にお邪魔して本当にすみません」

すると、菊江さんは朗らかに笑って言った。

「フフ、ひとりで夕食を済ませるつもりだったから嬉しいわ。待っていて、すぐにできるから。青藍、お酒のある場所はわかっているわよね？」

「ええ。もちろんよ」

軽い足取りで台所に向かった菊江さんを見送って、用意して貰った座布団に遠慮がちに座る。古めかしい建具が揃った室内は、純和風な造りになっていて、昭和という時代を象徴するような雰囲気を持っていた。ちゃぶ台に、障子張りの引き戸に、日めくりカレンダー、家族の思い出を写した写真の数々。壁にかけられた振り子時計が、軽やかな音を立てながら時を刻んでいる。私は勝手に戸棚を漁り、中にあった日本酒を取り出して飲み始めた青藍さんに、なんとなく尋ねた。

「菊江さんと、随分と親しいんですね」

「それはそうよ。今、生きている人間の中じゃ一番付き合いが長いのよ。確か、菊江がうちの店に初めてきたのは……昭和の珈琲ブームの頃だったわね」

「それって具体的に何年です？」

「う〜ん。初期の頃だから……一九六〇年台くらいかしらね。菊江はカフェの常連でもあるけれど、アタシの友人でもあるわけ。もちろん、朔とも親しいわよ」

となると、菊江さんと青藍さんはもう六十年来の付き合いということになる。見た目、三十代にしか見えない若々しい青藍さんと、年齢通りに歳を重ねた菊江さん。親子以上に歳が離れているように見えるふたりが旧知の仲だというのは、あやかしと人間が共に住まう古都ならではだ。

「それで、どうして私をここに連れてきたんです？」

するど、彼は少し渋い顔をして言った。

「あの店じゃ、朔に聞かれるかもしれなかったから」

「……それは、彼のことを話すために場所を変えたってことですか？」

青藍さんはコップの中の酒を飲み干すと、ふうと長く息を吐いて、ちゃぶ台に肘をついた。さらり、彼の長い黒髪が肩から零れ落ちる。青藍さんが目を細めると、綺麗な山なりになって、猫らしい雰囲気が増す。背中を丸め、こちらをじっと見つめている彼の、怪しげに光る金の双眸に不安を覚えて、私は少し身構えた。

「そうよ。あなたに、朔のことを少し話そうと思って」

その言葉を聞いた瞬間、ひゅ、と息を呑む。途端に、胸の奥からモヤモヤしたものが這い上がってきて、あまりの不快感に、下唇をぎゅっと噛んだ。

「どうして私なんですか？　私に、それを聞く資格はありますか……？」

「詩織ちゃん？」

青藍さんは私の様子に気がつくと、困惑したように眉を下げた。

――正直、聞くのが怖かった。彼に対する恋心を諦めようとしているのに、話を聞いたら後戻りできなくなりそうな予感がしたからだ。けれど、青藍さんにも事情があって、この場を設けたに違いない。私としては、お世話になっている彼の気持ちを裏切りたくない。だから予防線を張るためにも、青蘭さんに質問したのだ。

――でも、やめておけばよかったかもしれない。ほんのりと後悔の念が湧いてくる。結局は自己保身のためなのだ。自分が酷くずる賢い存在のように思えて、嫌な気分になる。すると、青藍さんはくつりと喉の奥で笑うと、夕日の色を思わせる、鮮やかな朱を差した目元を和らげた。

「アンタ、本当に真面目な子よね」

「……真面目なくらいしか、取り柄がありませんから」

「褒めたのに、そういう、すぐに自分を卑下するところは駄目ね」

「うっ」

「アンタのそういうとこ、嫌いじゃないけどね？」

青藍さんは呆れたように肩を竦めると、私の頭をポンと軽く叩いた。

「身構えなくてもいいのよ。別に、アンタに朔の事情を聞かせて、色々と背負わせようだなんて思ってないわよ。まだ会って間もないアンタに負わせるには、朔の持つものは重過ぎる。でもね――」

青藍さんは短く息を吐くと、どこか切なそうに顔を歪めた。

「あの子はね、アタシにとって子どもみたいなものなの。鬼になった朔を七里ヶ浜で拾ってからずっと、大切に、大切にしてきた。アタシは、あの子の母親でありたいと思って、頑張ってきたの。猫又で、雄のアタシが、元人間のあやかしの母親だなんておかしいかもしれないけれど、この気持ちだけは本物よ」

彼はぎゅっと胸元で手を握ると、まっすぐに私を見て言った。

「だから……あの子がこれ以上傷つかないように、『仲間』には最低限のことは知らせておこうと思った。朔は今、きっと辛い思いをしているから。今日、アンタをここに連れてきたのはそういうことよ」

「えっ」

――仲間？

ドキリとして、一瞬、思考が止まる。カフェで働き始めてから、まだほんの少ししか経ってない。それなのに、仲間？

ひとり動揺していると、青藍さんはフフフ、とおかしそうに笑った。

「どうして驚くのよ。アタシは、アンタはもう身内だと思っているのに」

「いや、でも。えっと、流石に仲間認定されるには早過ぎるんじゃ」

「馬鹿ね。早いもなにもないわよ。時間なんて関係ないわ。あの店に集まって、楽しく同じ時間を過ごせる相手は仲間でいいじゃない」

その言葉に、胸が苦しくなった。同時に、じわじわと熱を持ったなにかが、徐々に広がっていく。

あの店で働くことになったのは、本当に偶然だ。よそ者の私は、仲良くしている彼らの様子を、少し離れた場所で見ているような感覚があった。けれど、知らぬ間に彼らの輪の中に入れて貰っていたらしい。

――鎌倉にきて、時々戸惑うことがある。

あやかしたちは、一見すると怖くて、恐ろしくて、近寄り難い雰囲気を持っている。だというのに、一度認められると、途端に距離が近くなる。こちらの心の準備ができていようがいまいが遠慮なしに近づいてくるものだから、困惑してしまう。

(仲間だなんて。……でも。なんだか、嬉しいな)

ありがとう――そう口にしようとした、その時だ。ふと、あることを思い出した。

「あの、青藍さん」

「なあに?」

「えっと……」

私は、少し言い淀むと、思い切って訊いてみた。

「みんなから聞きました。今まで、あの店では女性を頑なに雇わなかったそうですね。なのに、どうして私を雇う気になったんですか？」

少し前から気になってはいたのだ。このせいで、みんなから色々と誤解を受けているのだから、せめて事情は知っておきたい。

すると、青藍さんは、一瞬だけきょとんとすると、何度か瞬きをして――酷く切なそうに顔を歪めて、手の中のコップに視線を落とした。

「アンタ、アタシの知り合いに似てたの。……それだけよ」

そして、お酒を一気に飲み干した。そして、いつもはうるさいくらいあれこれ喋るのに、むっつりと黙り込んでしまった。

（……ああ、これは簡単に踏み込んではいけないことだ）

直感的にそう感じて、口を閉ざす。

あやかしは永い永い時を生きている。その分、色々と複雑な事情を抱えているのだろう。いつか――そう、例えば充分過ぎるほどの時間を共有した後であれば、彼の抱えたものを聞かせて貰えるのかもしれない。でも、今の私にはその資格はない。

するとそこに、食事の支度を終えた菊江さんがやってきた。彼女は、一瞬、きょとんと私たちを見ていたかと思うと、何事もなかったかのように食事をちゃぶ台に並べ始め、笑い混じりに言った。

「どうしたの、青藍。黙っているだなんて、あなたらしくないわね？」

「あら、そう？　アタシだって、しっとり飲みたい時くらいあるわよ」

「そうなの？　まあ、それは構わないけど――これからご飯なんだから、ちょっとくらいは明るくして欲しいものだわ。ご飯の味がしなくなっちゃう」

「ウフフ。菊江ったら、容赦ないわね。どうしたのって聞かないの？」

「え、必要だった？」

「ううん、いらないわ」

「でしょう！」

　すると、ふたりはクスクスと笑い合った。一気に場の空気が和み、先ほどまでの重苦しさはどこかへ行ってしまった。長年付き合ってきた友人ならではなのだろう。言葉を重ねなくても、お互いにわかり合っている――そんな関係が羨ましく思える。

　その時、なんともいい匂いが鼻を擽って、思わず視線をちゃぶ台に落とした。そこにあったのは、菊江さんが用意してくれた、けんちん汁と焼きおにぎりだ。けんちん汁に入っている胡麻油と、焼きおにぎりの焦げた味噌の香りが香ばしく、食欲をそそる。途端に、くうとお腹が鳴って、慌てて手で押さえた。すると、菊江さんが小さく笑った。

「さあ、話は一旦中断。冷めないうちに食べて頂戴。青藍も、お酒ばかりじゃ体に悪いわよ。詩織さん、たくさん食べてね」

「ありがとうございます」

「あら！　これ、アタシ好きなのよね～。菊江のは格別に美味しいのよ」

「ウフフ。褒めたってなにも出ないわよ？　たくさん作ったの。明日、カフェにおすそ分けに行くわ。朔之介さんも好きよね？　これ」

「ええ！　大好物よ。朔もきっと喜ぶわ」

ふたりの会話を聞きながら、じっとお椀の中を眺める。精進料理でもあるけんちん汁には、肉は一切使われていない。出汁も鰹節は使わず、昆布や干ししいたけで取られている。根菜をたっぷりと入れてあって、彩りに青菜が添えてある。根菜の茶と、青菜の緑と、人参の橙色がなんとも色鮮やかで、目まで楽しめるようにという、菊江さんの心遣いが感じられる一杯だ。

「いただきます」

醤油と出汁の入り混じったいい匂いを、胸いっぱいに吸い込む。ずず、と汁を啜ると、根菜から出た旨みに、思わず笑みを零す。胡麻油の香ばしさを楽しみながら、芯まで出汁が染みて茶色くなった大根を噛むと、美味しい汁が中から溢れてきて、思わず表情が緩んだ。

うん、確かに格別に美味しい……！

思わず、ほうと息を吐く。その味、その温かさには優しさや気遣いが溢れていて、まるで菊江さんそのものだ。私は、笑顔で彼女に美味しいと感想を伝えた。すると、菊江さんは顔中に皺を作って笑った。

「でしょう。これは私が小さい頃から食べてきた味なの。私の祖母から、母、そして私に受け継がれてきた、ずっとずっと変わらない味」

「なんだか、ホッとする味なのはそのせいでしょうか？」

「そうかもしれないわね」

じっと、湯気の立ち上っている器の中を見つめる。一見、なんの変哲もない汁ものだ。けれどこの中には、菊江さんに至るまで、顔も知らない人々が脈々と受け継いできた歴史が凝縮されている。なんだか神妙な気持ちになっていると、菊江さんはしみじみと言った。

「この味もだけれど、変わらないものっていいわよね。歳だからかもしれないけれど、そういうものに出会うと、とてもホッとするの。だから、ついついけんちん汁も頻繁に作っちゃう。私があのカフェに通い続けているのも同じ理由なのよ。朔之介さんが淹れてくれる珈琲の味は……本当に、昔から変わらない」

——変わらないもの。それは、時に人の心を癒やすものだ。私たちは日々、あっという間に過ぎ去っていく時間の中で、懸命に生きている。けれど、誰しも衝動的に立ち止まりたくなることがある。その多くは、前を向いて進むのに疲れた時だ。そんな時は、一旦歩みを止めて過去を懐かしむ。その方法は、思い出に浸ってみたり、好きだった音楽を聴いてみたり、懐かしい味を求めてみたりと様々だ。疲れた心を癒やすために「昔と変わらないもの」に触れることは、実に効果的だ。

どうやら、朔之介さんの淹れる珈琲が、彼女にとってのそれだったらしい。彼の味は、それだけ長い間人々に好まれ続けている。

自分が作り出すものを、「変わらないことで好まれる」ものにまで昇華するというのは、なかなかできないことだとも思う。飲食業に関わる者として、最高の誉れだと言っても過言ではない。そのことを知ると、私は思わず頬を緩めた。それがまるで、自分のことのように誇らしかったのだ。

「私が初めて口にした珈琲は、彼が淹れてくれた珈琲なのよ。あの味は、私にとってとても大切なものなの」

菊江さんは、過去を懐かしむかのように目を細めた。そして、すぐにクスリと小さく笑うと、悪戯っぽい眼差しを私に向けた。

「でも、私の大切な思い出の味が、つい最近変わってしまったのよね」

ああ、と相づちを打つ。確かに、先ほど店で飲んだ朔之介さんの珈琲の味はいつもと違った。もしかして、そのことを言っているのだろうか。しかし、それとはまた違う話だったらしい。

「うーん。なんて言ったらいいのかしら。別に不味くなったわけじゃないのよ。むしろ、美味しくなった。味が『柔らかくなった』というか……」

するとと、意味ありげな笑みを浮かべた青藍さんが、話に割り込んできた。

「ねえ、詩織ちゃん。気がついていないかもしれないけれど、朔之介の珈琲の味を変えたのは、アンタなのよ？」

「えっ？　ちょっと待ってください。それってどういう……」

なにがなんやらわからない。

もしかして、また、なにかやらかしてしまったのだろうか……!?

嫌な予感がして、恐る恐る青藍さんに視線を向ける。すると彼は、手をひらひらと振って言った。

「やだ。違うわよ。悪い意味じゃないから安心して。そうね……あの子の淹れる珈琲の味が変わったと思ったのは、桜が散った少し後のことよ」

――それは、私があの店で働くようになってから半月ほど経った日のこと。

朔之介さんは非常に細やかな気遣いのできる人だ。湿度の違いや、豆の状態を把握して、毎日、同じ味に仕上げるくらいならやってのけるほどの腕を持っている。だからこそ、「変わらない」味をずっと提供できたし、多くの人に親しまれてきた。

味の変化に初めに気がついたのは、常連さんたちだったらしい。彼らは、菊江さんと同じくらいか、それ以上の長い間、店に通い続けた猛者たちである。なにせ、落ち武者だったり、白骨化していたりする彼らには寿命がない。基本的に時間を持て余しているあやかしたちは、毎日のように店を訪れる。そんな彼らなので、味の変化には敏感だ。

青藍さんが確認してみると、確かに味に変化が起きていた。はじめ、青藍さんは、私がこの店にきたからではないかと思ったのだそうだ。けれども味が変わったのは、あの「大首」の騒動があった辺り。私が働き始めた頃ならともかく、それなら別の原因があるに違いないと、青藍さんは朔之介さんに事情を尋ねたのだそうだ。

するとと、朔之介さんは、少し考えてから言ったらしい。

『――橘さんに、前を向くことを教えて貰ったからかなあ……』

朔之介さんは少し照れ臭そうに――けれど、晴れ晴れとした表情で言ったそうだ。

その時のことを思い出しているのか、青藍さんは目元を緩めて言った。

「あの子自身が『変わった』から、それが珈琲の味に表れたのね。本当に驚いたわ」

菊江さんも、大きく頷いて同意した。

「驚きはしたけれど、私たち常連もそれはいいことだって受け入れたのよ。私たちが親しんできた昔の味とは少し違うけれど、今の味も好きだわ。この味が、これからもずっと続けばいいと思ってる。これが新しい『変わらない』味になればいいって。……まあ、最近は別の意味で、まったく違う味になってしまっているけれど」

菊江さんは、申し訳なさそうに眉を下げている。

きっと、朔之介さんが言ったのはあの七里ヶ浜でのやり取りのことだ。私がしたことと言えば、かつて小説家になるのが夢だったと語った彼に、また執筆してみればいいと、諦めずにもう一度志せばいいと、勧めたことくらいだ。そもそも、七里ヶ浜に行ったこと自体、失敗だった。知らなかったこととはいえ、彼の心の傷を抉るような行為であったことには違いない。確かに、私の言葉が彼に影響を与えたのかもしれない。けれどこれは、決して褒められるようなことではない。

「別に、特別なことはなにひとつしていませんよ。考えなしに、彼の背中を押しただけです。私じゃなくて、彼が『変わろう』としたから、そうなっただけです」

自分の行為が、誰かを変えた。それはとても素敵なことだと思う。

それが、気になっている相手であれば尚更だ。でも、だからこそ認めたくなかった。だって、それを認めてしまったら——なんだか自惚れてしまいそうで。

——う。最近、思考が後ろ向き過ぎる気がする。

こっそり落ち込んでいると、そんな私の耳に、誰かのため息の音が聞こえてきた。それは青藍さんで、彼は小さく苦笑いしたかと思うと、私の背中を思い切り手のひらで叩いた。バチン！　と大きな音がして、あまりの痛みに顔を歪める。

「いったあ‼」

「あー！　ネガティブだわ。なんなのよ、アンタ！」

「な、なんで叩くんですか！」

「褒め言葉を素直に受け取らないからよ。面倒くさい。だから男に捨てられるのよ！」

「さっ……！　流石にそれは酷くありません⁉　怒りますよ！」

思わず顔を真っ赤にして抗議すると、青藍さんはにんまりと笑った。

「冗談よ。やっと元の元気なアンタに戻ったわね。まったく、しみったれた顔は朔だけで充分なのよ。アンタ、可愛いんだから、もっとシャキッとしなさい」

「かわ……っ⁉　アラサーになに言ってるんですか⁉」

「アラサーがなによ、私なんかアラサウよ、アラサウ。もうちょっとで千歳！」

青藍さんはからからと笑うと、目をうっすらと細めて言った。

「もっと前向きになりなさい。アンタは『変われる』んだから。なかなか『変われなかった』あの子と違って」

「え？」

青藍さんは両腕を組むと、少しだけ表情を曇らせて言った。

「朔はね、鬼になってからずっと『停滞』していたの。未練が強過ぎて、人間じゃなくなったことを受け入れられなくて。それを、今の状態まで持ってくるの、すごく大変だったのよ。一見、普通に見えるけれど――今だって、とても不安定で危うい」

すると、菊江さんも嬉しそうに話に混じってきた。

「だから、『前を向く』だなんて、簡単に彼を変えてみせたあなたを、常連客たちは朔之介さんの『大切な人』だって思ったわけ」

「え、えええええ……？　そういう理由だったんです？」

するとし、青藍さんは嬉しそうに口元を緩めると、満面の笑顔になった。

「アンタは、朔が新しい一歩を踏み出す手助けをしてくれた。アタシたちがなかなかできなかったことをしてくれた。アンタが店にきてくれたことを、神様が用意してくれたサプライズだって思うくらいには、感激して……感謝してる」

青藍さんの金色の瞳が、私をまっすぐに捉えている。瞳の中心には、縦長の瞳孔。その色、その瞳に、既視感を覚えて記憶を探る。

(ああ——これは。この瞳は)

そして、ひとつのことに思い当たって、なんだか泣きそうになってしまった。

(タマにそっくり。青藍さんにとって、朔之介さんは『唯一無二』の存在なんだ)

だからこそ、彼のためなら色々と手を尽くすし、懸命になれる。

細く、長く息を吐く。

この時、私の胸にじわじわと広がっていった感情の名は——「憧憬」。

……ああ。ここにも、私が得ていないものを持っている人がいる。

「朔之介さんを、本当に大切に思っているんですね」

「当たり前よ。あの子はうちの子だもの」

「……そう、ですか」

私は、瞼を閉じて、ぎゅっと奥歯を噛みしめた。

「……詩織ちゃん?」

　そして、目を開けると青藍さんに言った。

「青藍さんのそういう今までの努力が、気持ちが……彼を少しずつ変えてきたんですよ。やっぱり、私はタイミングがよかっただけ。たまたまです。褒められるべきは私じゃありませんよ」

　私の言葉に、青藍さんは一瞬、目を見張ると、途端に表情を崩した。

「まったく、頑なに自分のしたことを認めようとしないんだから。困った子」

　青藍さんの言葉に、私は小さく笑った。そして、心をひりつかせる感情を「憧憬」のまま保ち、「嫉妬」に変化させないように苦労しながら――言った。

「――朔之介さんのこと、教えてくれませんか」

　すると青藍さんは目を見開くと――とても嬉しそうに笑った。そして語ったのだ。

朔之介さんが、どうしてあれほどタマのことに関して動揺しているのか。彼の胸のうちに抱えているものを。

「朔があやかしになってしまった原因のひとつ。あの子が抱えている『未練』。それは――」

　それから二時間ほど話しこんだ私たちは、流石に遅くなってしまったので、菊江さんの家をおいとますることになった。玄関を出て空を見上げると、いつの間にか一面を覆っていた雲は消えていて、数多の星々が競うように輝いている。どうやら、あの強い風が雲を蹴散らしてしまったらしい。この辺りは、夜ともなるとかなり暗くなるから、都内に比べると格段に見える星の数が多い。ちかちかと瞬く星の光は、私の記憶にあるそれよりも美しく思えて、沈んでいる今の心にはやけに沁みる。

　青藍さんは、もうちょっと飲むと言って先に行ってしまった。まあ、サブローを呼んでくれるそうだから、帰るのは問題ない。玄関先で、猫又を待ちながらぼんやりしていると、菊江さんが見送りに出てきてくれた。

「気をつけて帰るのよ」

「はい。今日はごちそうさまでした」

「お粗末様。また食べにきてね」

　そう言うと、菊江さんはおもむろに懐を探った。紬の着物の中から現れたのは、あの日見た漆塗りの櫛だ。玄関から漏れる灯りに漆が艶めいて、藤の花にまぶされた金粉がキラリと光っている。相変わらず綺麗だな、なんて思っていると、菊江さんは突然、それを私の手に握らせた。

「これ、あげるわ」

「え」

　突然のことに驚いていると、菊江さんはじっと私の目を覗き込んで言った。

「前に言ったでしょう。『終活』しているの、私」

「いやいやいやいや！　これお高いでしょう？　受け取れません！」

返そうとしたけれど、菊江さんは、皺の寄った手で私の手を包み込むと、ぎゅっと力を込めた。

「駄目。これはあなたにあげるって決めたの。年寄りの言うことは聞くものよ。大丈夫、大丈夫。変なものじゃないわ、受け取って？」

「ですが……」

「この櫛はあなたにこそ相応しい。ね、いいでしょう？」

そして、菊江さんは私の耳元に顔を寄せて言った。

「実はこの櫛ね、初めて朔之介さんの珈琲を飲んだ日に身に着けていたものなの。これにはね、私の想いを込めてあるの」

「想い？」

「そう。この櫛に込めたのはね……初恋」

「えっ⁉」

困惑していると、菊江さんはクスリと楽しげに笑った。そして教えてくれたのだ。

初恋相手が朔之介さんだったこと。初めてカフェに行った時、酷く緊張したこと。

「朔之介さんって、今も昔も変わらない姿なのは知っているでしょう？　あの儚げで、爽やかで、優しい笑みを常に湛えている彼は、若い子の間では憧れの的だった。私もそう。少女時代に一目惚れして……でも、想いを告げられずにそのまま。そんな彼が店で働くことになったって聞いて、あの頃私はもう結婚していたけれど、勇気を出して行ってみたの」

その時に、買い求めたのがこの櫛なのだそうだ。当時、一番のお気に入りの櫛。鏡を見ながらこれを着けた時は、ドキドキソワソワして堪らなかったらしい。

「既婚者が馬鹿みたいって思いもしたけれど、それ以上に、好きな人には一番素敵な姿を見て欲しかった。この櫛を着けるとね、普段よりも自信が持てる気がするの。彼の目に映っている私は、最高に素敵な私。フフ、この櫛は特別なの」

目を煌めかせて、うっすら頬を染めて語るその姿は、恋する乙女そのものだ。

「私はあの店に、『変わらないもの』を求めて通っている。それは朔之介さんの珈琲の味。それと……初恋の相手の姿」

菊江さんは親指の腹で私の手の甲を撫でると、ふうと息を吐いた。

「恋のライバルに塩を送るのは、なんだか悔しいけれど」

「ら、ライバルって」

「だってそうでしょう？　あなたも、朔之介さんに恋をしている」

「——っ⁉」

顔が熱くなって、思わず手を引っ込める。しかし、櫛を握ったままだったことに気がついて、慌てて返そうとすると、やんわりと止められてしまった。

「私はもうすぐこの世を去る。正直言って、私の死が朔之介さんに与える衝撃を考えると、今から胸が重いわ。近しい人の死って、普通の人だって辛いのに、彼は——とても繊細なところがあるから。好きな人を悲しませなくちゃいけないなんて、人間の寿命って本当に罪深いわね」

　そして菊江さんは瞼を伏せると、ぽつんと言った。

「私ね、あの人には心安くいて欲しいの。好きな人だもの。幸せであって欲しい。あなたが、自分の気持ちに引け目を感じているのは、見ていてわかるわ。年齢的に難しい頃だものね。迷うのはとても理解できる。でも――」

　すると、手を胸の辺りに当てた菊江さんは、まるで少女のような笑みを浮かべた。

「知っている？　ずっとずっと――好きだった人を眺めているだけっていうのは、幸せだけれど、辛いものなのよ」

「菊江さん……」

「自分の気持ちに臆病になったら駄目よ。我慢なんて、体に悪いだけだわ。後悔のない人生を送りなさい。まあ、頭の片隅にでも置いておいて。年の功って言うでしょう？　年寄りの言葉を聞いておくと、きっといいことがあるわ」

　すると、菊江さんはゆっくりと頷いて言った。

「大丈夫。大丈夫よ」

　私は手の中の櫛に視線を落とすと、どうしようかと思考を巡らせた。そして、自分の中で答えを見つけると、それを無理やり菊江さんの手に戻した。

「想いの籠った櫛なら、やっぱりご自分で持っていてください。今すぐに亡くなるわけでもなし、いつまた着けたくなるかわからないでしょう?」

「あら……」

私は驚きに目を瞬いている菊江さんに、にっこりと笑った。

「それよりも、お願いがあります。今日食べたけんちん汁、とっても美味しかったです。レシピを、誰かに教えたりしましたか?」

「いいえ、うちの子は男ばかりだし、奥さんもあまり興味はないみたいで」

「そうですか! なら——私に教えてくださいませんか? なにか貰えるのなら、『変わらない』味がいいです。正直、腕にはまったく自信がないんですけどね」

菊江さんの家族が代々残してきた味。それだって、彼女が亡くなれば失われてしまうもののひとつだ。それにこの味は、朔之介さんにとって価値のあるものでもある。

「朔之介さんが好きな味を、私にください。櫛よりも、こっちがいいです。駄目でしょうか?」

するると、菊江さんは目尻に皺を作って笑った。

「……わかった。私、厳しいわよ?」

「あの、その。ご迷惑をおかけすると思いますが、ご指導ご鞭撻《べんたつ》のほど、よろしくお願いします!」

「ええ、任せておいて」

私は菊江さんと微笑み合うと、互いに頷き合った。

サブローと合流し、店に戻ってきた私は、門をくぐったところで足を止めた。

「詩織姉さん？」

そんな私を、サブローが不思議そうに見つめている。サブローは、私の視線の行方を追うと、「ああ」と、納得したように自身も足を止めた。

青白い月明かりに照らされた古民家――その二階の窓辺に、朔之介さんが佇んでいる。その姿を見た瞬間、私は、青藍さんから聞いた話を思い出してしまい、堪らず顔を顰めた。

『朔が抱えている『未練』。それは――』

「……誰にも愛されなかった、こと」

私は、青藍さんの言葉を反芻するように口の中で呟くと、ぎゅっと拳を握った。

愛人の子として生まれた朔之介さんの存在は、父親にとって面倒なものだったらしい。正妻とも子を儲けており、跡継ぎとなる男児もいた。商家として成功を収めていた彼の家にとって、朔之介さんの存在は諍いの種としかならない。彼の体が弱いことをいいことに、『療養』という名のもと、所有している別荘のひとつに朔之介さんを置き、遠ざけた。

『朔の両親は、気まぐれに別荘を訪れては、本を与えてはいたみたい。けれど、それだけ。後は使用人任せで、放っておいた。せめて、朔の世話をしていた使用人がいい人ならよかったんだけど、どうも正妻の息がかかった人だったみたいで』

幼い朔之介さんは、誰からも優しく接して貰えずに、寝室に籠もりきりでずっと本を読んでいたのだそうだ。

『母親がしっかり子どもを守っていれば、こうはならなかったんでしょうけれど、随分と気が弱い人みたいだった。とんでもない美人で、父親は常に手元に置きたがった。それに逆らえなかったのね。父親は母親には愛情を注いだものの、息子はどうでもよかった。……最悪ね』

そのことを話している時の青藍さんは、酷く悲しそうな顔をしていた。

どうしてそこまで朔之介さんの事情に詳しいのかと尋ねると、どうも彼を拾った後、亡くなった事情を含め、色々と調べたことがあったらしい。

『鬼になったばかりの朔は、憔悴しきっていて見ていられなかったの。だから、少しでもあの子を救う助けになればって思ったのよ。……でも、調べれば調べるほど、吐き気がしたわ。最後……結核になってしまった朔を、奴らは当時できたばかりのサナトリウムに放り込んだの。朔の世話をしていた使用人が、自分も感染したら堪ったものじゃないって逃げ出してしまって、誰も面倒をみる人がいなくなってしまったから。……あの子は、捨てられたのよ』

両親は見舞いにすらこなかったらしい。そして彼は、ひとり孤独の中で死んでいった。身近に親しい人がまったくいないサナトリウムで、彼が最期に見た光景は、一体どんなものだったのだろう。

誰にも愛されず、最後は捨てられた朔之介さん。彼は異常なほど、「ひとりでいること」に敏感になってしまった。だから彼は、毎晩、ひとりにならざるを得ない就寝時のために、青藍さんの配下の猫又を借りるのだ。

「姉さん、兄さんの事情を聞いたんだね？」

気がつくと、サブローが足もとにやってきていた。私は無言で頷くと、彼を抱き上げて、そのふわふわの毛に顔を埋めた。

――朔之介さんとタマ。ふたりにはいくつか共通点がある。

誰かに捨てられてしまったこと。一度は絶望したこと。あやかしになれるほどの、大きな『未練』を抱えていること。

しかし、そこまで同じなのに、ふたりには決定的な違いがあるのだ。

――それは救いの手を差し伸べた人の有無だ。朔之介さんは生前、捨てられたまま一生を終えた。タマにとっての菊江さんのような人は現れなかった。彼に、欠片でも愛情を注いでくれる人は、どこにもいなかったのだ。

寂しかったろう。辛かったろう。魂が潰えるその瞬間、彼が感じた孤独は、その存在を現世に留めるほどだったのだ。

月に照らされた彼の顔は、少し心配になるほど青白く見える。私は彼に向かって手を伸ばすと――……強く拳を握った。

「朔之介さんも、唯一無二が欲しいんですね」

——愛し、愛され、想い、想い合う。それは、簡単なようで酷く難しい。ほんの僅かなズレが、大きな差異を生み出す。青藍さんという、愛情を注いでくれる存在がいるのにも拘らず、彼には届いていないように。朔之介さんの住む「楽園」には、青藍さんは住んでいないのかもしれない。

自分以外、誰もいない「楽園」で——彼は今もずっと、両親が帰ってくるのを待っているのだろうか。

「……そんなの、報われないじゃないですか……」

「姉さん？」

サブローは私の顔をじっと見つめると、ザラザラした舌で頬をひと舐めした。

「なんだか、すごく寂しそうだね？」

そして、私の頬に自分のそれを寄せると、ゴロゴロと喉を鳴らした。

「今晩、オイラが一緒にいてやるよ。温かくて、きっとよく眠れる」

「フフ。ありがとう、サブロー……」

私はサブローにお礼を言うと、長く、長く息を吐いて、店に足を向けたのだった。

あれから私は、けんちん汁のレシピを覚えるために、菊江さんの家を度々訪れた。

菊江さんに残された時間は、きっとそんなに長くない。自分が壊滅的に料理をできないのを知りつつも、早く覚えようと必死だった。慣れない包丁に四苦八苦して、根菜の皮を上手に剥けない自分にもどかしさを感じながらも、それでも少しずつ上達しているのを実感して、嬉しく思っていた。

「見てください。今日はこんなに薄く皮が剥けました！」

「上手だわ。飲み込みが早いわね」

「菊江さんの教え方がいいからですよ」

「あら、そう？」

厳しいと言っていたはずの菊江さんはとても褒め上手で、私は楽しく料理を学ぶことができた。彼女とは料理をしながらいろんなことを話した。それは他愛のないことだ。普段の生活のこと、天気のこと――好きな人のこと。

「あの人、すごく細身なのに、意外と手は大きいのよね」

「そうなんですよ！　ちょっと筋張っていて、手の形はすごく男性的なのに、でも羨ましいくらいに色白だから、女性的な印象もあって。なんだか不思議な感じで……そこが、ええと……」

「魅力的？」

「……。そうですね……」

「フフフ……顔、真っ赤よ？」

彼女の前では、不思議と自分の気持ちに素直になれた。菊江さんと一緒にいると、年齢だの人間じゃないだのとこだわっていることが、馬鹿らしく思えたからだ。かといって、この気持ちを完全に認めるかというと、それはまた別の話だけれど。

菊江さんと過ごすひとときは、本当に穏やかで優しくて……私は、ゆっくりと流れる時間の中で、今、こうやって菊江さんから学べることを嬉しく思っていた。

「——うん、今日のは今までの中で一番美味しい！」

「本当ですか！」

ある日のこと。一緒に作ったけんちん汁を、居間で試食していた時だ。少し不格好な人参を食べて、菊江さんは顔中に皺を作って笑った。私は嬉しくなって、自分もお椀に口をつける。でも、焦げた大根のじゃりっとした食感とほろ苦い味に、顔を顰めるはめになってしまった。

（まだまだだなあ……）

なんで汁ものを焦がすのかと肩を落としていると、ふと菊江さんが窓の方をじっと眺めているのに気がついた。居間からは、庭が一望できる。なにかいるのかと、不思議に思ってそちらに視線を遣ると、そこには花をつけ始めた藤棚があった。

「わ、藤の花……綺麗ですね」

「ありがとう。まだ満開ではないけれどね」

藤棚の下にある椅子の上では、タマが気持ちよさそうにお昼寝している。木漏れ日の中で眠る姿は、なんとものんびりした雰囲気を醸し出していて、見ているこちらまで穏やかな気分になるようだ。すると、菊江さんはそんなタマを見つめて言った。

「あの子、まだ猫又にならないのね……」

驚いて菊江さんを見ると、彼女は少し困ったように言った。

「タマも歳でしょう？　私が先に死んだら、誰があの子を看取ってやれるのか心配なの。長男に引き取って貰うつもりだけれど、あそこは共働きで、日中は家に誰もいないのよ。万が一、昼間になにかあったら……。あの子が、誰にも看取られずに死ぬだなんて悲し過ぎる」

その瞬間、寝ていたはずのタマの耳が、ピクリとこちらに向いた。タマは人間の言葉を理解しているはずだ。こんな話、できれば聞かせたくない。でも、まさかタマが聞いているからよしましょうなんて言えない。ひとり葛藤していると、菊江さんは物憂げな表情で言った。

「本当に、こればっかりは気がかりでね。私には息子たちがいるけれど、あの子には私しかいないもの」

「……あ」

思わず息を呑む。私は急いでタマがいる方を見た。すると、いつの間にか黒猫は椅子の上からいなくなっていた。聞かれなくてよかったと胸を撫で下ろして、けれども胸の奥に渦巻くモヤモヤしたものを処理しきれずに、表情を曇らせる。

すると、そんな私に気がついた菊江さんが「どうしたの？」と声をかけてきた。私は、なんでもないと表情を取り繕うと、彼女にある提案をした。

「藤の花が満開になったら、あの下でお茶をしませんか。みんなで！」

「あら、素敵だわ。ぜひやりましょう。もちろん、朔之介さんも呼ぶわよね？」

「うっ。べ、別に構いませんが。友人としてですよね？」

「……まったく。いい加減、自分の気持ちを素直に認めなさいよ」

私は菊江さんとお茶会の相談をあれこれしながら、彼女に気付かれないように、小さく嘆息した。

タマにとっての唯一無二は、菊江さんだ。けれど、菊江さんにとってのタマは——決して、唯一無二ではないのだ。お互いを思い合い、しっかりと向き合っているように見える菊江さんとタマ。けれど、その視線は僅かにずれている。

「……難しいものだなあ」

「どうしたの？」

「いえ、別に。そうだ、お茶会ですが、その時に私のけんちん汁をお披露目するのはどうですか？」

「まあ。それまでに、人様に振る舞えるものが作れるようになるかしら」

「待ってください。今、さらっと酷いこと言いませんでした⁉」

「フフフ……聞き間違いじゃないかしら？」

春の盛りを迎え、益々彩りを鮮やかにしていく庭に、菊江さんの楽しげな笑い声が響いている。蝶が舞い、温かな日差しに照らされた庭は、まるで小さな「楽園」のようだ。このひとときが、ずっと続けばいいのに。そんな風に思いながら、私は菊江さんとお茶会の話で盛り上がったのだった。


「菊江さん、喜んでくれますかね？」

「きっと大丈夫だよ。上手にできたからね」

　春らしい、少し霞がかった青空が広がる午後。ポカポカと暖かい日差しが降り注ぎ、歩いているとじんわりと汗が滲むくらいの陽気の中、私は朔之介さんとふたり、菊江さんの家に向かっていた。朔之介さんが持っている紙袋に入っているのは、ぬか漬けがたくさん入ったタッパーだ。もちろん、菊江さんに貰ったぬか床で漬けたもの。カフェのランチメニューの箸休めにどうかと、色々珍しい鎌倉野菜を漬け込んでいたのだが、やっと納得できる味になったのでおすそ分けにきたのだ。

　北鎌倉にある家々は、菊江さんのように庭に力を入れている家庭が多い。のんびり歩いているだけで、色鮮やかな花々が視界に飛び込んできて心が弾む。灰色めいた冬から色彩豊かな春へ。そして、憂鬱な雨の季節がくる前のこの時期は、一番穏やかで過ごしやすい。

「日差しが気持ちいいですね……」

「しばらく晴れが続くようだよ、嬉しいなあ。花粉症の人は大変みたいだけど」

「そういえば、あやかしって花粉症になるんですか？」

「なるよ。一反木綿《いったんもめん》なんて、この時期、洗濯が大変らしい」

「洗濯。……自分の体の？」

「そう。自分の」

顔を見合わせて、堪らず噴き出す。私と朔之介さんの笑い声が、鎌倉の町並みの中に溶けていく。

ここ最近は、今日の天気のように穏やかな毎日を送っていた。特に事件が起きるわけでもなく、カフェの客入りも好調で、気がつけば夜を迎えているような……そんな日々。

タマの話を聞いてから不安定だった朔之介さんも、近頃は落ち着いてきたようで、普段通りの様子に戻ってきていた。いや、完全に元に戻ったというわけではない。女性である私と接することに徐々に慣れてきたのか、こうして隣で歩く時の距離は縮まったような気がする。

それは小さな変化だ。けれど、この僅かな変化さえ、彼にとって貴重なものなのだと知っている今は、嬉しいような……擽ったい気持ちになる。

「……あ、いい香り」

私は、菊江さんの家の傍までくると足を止めた。辺り一面に、芳しく上品な甘い香りが漂っている。その香りには覚えがあった。藤の花——この時期、鎌倉の町では度々匂うことのある香りだ。

私はなんだか嬉しくなって、朔之介さんの顔を見上げた。

「もしかして、藤が満開になったんでしょうか」

「あれ、最近は菊江さんの家にきていないのかい？」

「そうなんです。菊江さんの通院と被ったりしちゃって」

「ふうん。でも、時期的にはもう花の盛りが過ぎているかもしれないね。まあ、藤の花は散り際も美しいから、ついでだし見せて貰おうか」

「はい！」

そんな話をしながら、明月川にかかっている小さな石橋を渡った。そして、菊江さんの家の前に到着すると、チャイムを押す。しかし、中から応答はない。

「留守でしょうか？」

「おかしいな。今日はいるって言っていたのに」

ふたり顔を見合わせると、なんとなく玄関の引き戸に手をかけてみる。どうやら、鍵は開いているようだ。

「……私、家の中を見てきます」

「僕は庭の方に回ろう」

頷き合って、別行動を始める。家の中は薄暗く、人気は感じられない。いつもは菊江さんが温かな笑みで迎えてくれるのに、しんと静まり返っているこの状況には、酷く違和感がある。

「菊江さん？　タマ？」

住人の姿を捜して歩みを進める。ギシ、と床板が軋む音がして、私の立てる音だけが家の中に響いている。トイレ、台所、居間——どこを覗いてみても、なんの気配もない。寝室の扉の前に立つも、なんとなく中を覗くのは憚られて、先に朔之介さんの方に向かった。

居間を通り抜けて、縁側に向かう。静まり返った室内には、振り子時計の音が響いている。窓辺には外から薄日が差し込んできて、陽光の中に舞い上がった埃がふわりと浮かび上がって見えた。

窓際に早足で近づくと、庭を見回す。しかし、先に庭に行ったはずの朔之介さんの姿は見えなかった。そのかわり、捜していた人物をそこに見つけて、ホッと胸を撫で下ろした。

「……ああ、よかった」

からりとガラス戸を開けて、敷石の上に置いてあったサンダルを突っかける。庭には散水ホースや腐葉土の大きな袋が出されていて、どうやら菊江さんは庭仕事をしていたようだ。

菊江さんは、藤棚の下に置いてある椅子にもたれて眠っていた。庭仕事をしていたせいか、普段よりは大分カジュアルな恰好をしている。麦わら帽子に、パステルグリーンの長袖の上着に長靴。長袖と長靴に揃いで描かれた蔦模様がなんともオシャレで、作業着にすら気を使うところが彼女らしい。その膝の上には、タマが丸くなって眠っている。直前まで撫でてやっていたのだろう。菊江さんの皺の寄った手が、タマの背に乗せられている。

藤棚から差す木漏れ日が、彼女たちを暖かく照らしている。朔之介さんの言っていた通り、どうやら藤の盛りは過ぎていたらしい。けれども、葉の瑞々しい若草色、上品な藤の花の紫が、春の明るい日差しに照らされてなんとも色鮮やかだ。鈴なりになった花穂がゆらりと風に揺れると、ぽろぽろと終わりを迎えた花が落ちて地面に積もる。それは、ふたりの上にも降り注ぎ、あらゆるものを紫色に染めていた。

まるで、フランスの印象派画家、クロード・モネの描いた絵画のような、優しい色に溢れたその光景に、思わず魅入ってしまう。うっすらと笑みを浮かべているように見える菊江さんと、安心しきって眠りこけているタマが作り出すふたりの世界。それはある意味、ひとつの「聖域」を創り出していた。

（……邪魔しない方がいいかな）

暖かな日差しが降り注ぎ、葉擦れの音が満ちている北鎌倉の春は、慌ただしく観光客が行き交う鎌倉駅前と比べると、まるで別世界だ。こんな陽気なら、眠ってしまう気持ちもよくわかる。

するとサクサクと芝を踏みしめる音が聞こえてきた。それは朔之介さんで、彼は私の隣で立ち止まると、なにを語るでもなくじっと菊江さんたちを見つめている。私は、もう一度彼女たちに視線を向けると、うっすらと目を細めて言った。

「気持ちよさそうに眠っていますよね。本当に、このふたりは仲がよくて羨ましい。まるで、幸福ってこういうものなんだって体現しているみたい。この幸せな時間が、ずっと続けばいいのにって、ちょっと思っちゃいました」

「……そうだね」

するると、おもむろに朔之介さんがふたりに近づいて行った。止めようかとも思ったけれど、冷静になって考えてみると、やはり外で眠るのはあまりよろしくない。高齢のふたりだ、なにかあってはいけないし、と思っていると――朔之介さんが、菊江さんの手首辺りに触れているのが見えた。

「……どうしたんです？」

不思議に思って尋ねると、彼はゆっくりと振り返った。

「ああ、君が考えた通りだよ。その通りに――彼らの時間は永遠になった」

「……え？」

朔之介さんのその顔は、蒼白で。泣きそうで。苦しそうで。切なそうで。とてもとても――辛そうで。

「黒猫の未練はなくなり、もう猫又になることはない。唯一無二の飼い主と共に、きっと今頃は、虹の橋を渡っているんじゃないかな……」

――それは、涙が溢れないのが不思議なくらい、震えた声。

私は目を見開くと、息をするのも忘れて、朔之介さんの隣に立った。そして、恐る恐るタマの上に置かれた菊江さんの手に、触れた。

暖かな日差しが降り注ぐ、眩しいくらいの春の庭。その手は、周囲を取り巻く温い空気とは裏腹に、恐ろしいほど冷え切っていた。


菊江さんの通夜は、週末にしめやかに執り行われた。通夜で会った、菊江さんに目元がそっくりな長男さんは、私たちが菊江さんを見つけたのだと知ると、丁寧にお礼を言ってくれた。

「母は昔からこの鎌倉の地が好きでね。本当は、歳をとった母を都内にある自分の家に呼ぼうとしたんですが、頑としてこようとしなかった。鎌倉には大切なものがたくさんあるからと言って……。誰もいなくなった家で、病を抱えながら猫とふたりきりだなんて、寂しいだろうと思っていたんですが」

長男さんは少し遠くを見ると、亡くなった母親を想ってか、淋しげな表情を浮かべた。しかし、参列者の列に目を向けた途端、それは苦笑に変わった。

「だが、そうでもなかったらしい」

菊江さんの通夜に参列する人のあまりの多さに、長男さんは驚いているようだった。カフェの常連客に、同じ北鎌倉のご近所さん、それに商店街の人々……。参列者の中には、人間に混じって多くのあやかしの姿が見られた。その誰もが黒い装いを纏い、沈んだ表情をしている。

「菊江殿……もう、会えないだなんて」

「ちくしょうめ。人間ってどうしてこうも簡単にいなくなるのかね」

「どうか……安らかに」

彼らは涙を浮かべつつ焼香を済ませると、遺族に深く一礼する。人であろうと、人ならざるものであろうと、涙を零し、別れを惜しむ心は変わらない。それは、どこか不思議な光景だった。

「自分は久しぶりに鎌倉にきましたが、ここは相変わらず、古きものが今に絶妙に入り混じった独特の土地ですね。そのせいでしょうか。とても――温かい。自分たちが忘れてしまったものが、まだここにはある。……母が離れ難かったはずです」

長男さんが噛みしめるように言ったその言葉。それは、とても印象的だった。


通夜が終わった私たちは、カフェに戻ってきていた。すでに外は暗くなり、店内は赤みがかった灯りでぼんやりと照らされている。

今日は臨時休業だ。けれども、自然と常連さんが集まってきて、各々「いつもの席」に座っていた。しかし、誰も新聞をめくることもせず、本を読むこともない。なにかを口にすることもなく、ただその場に静かにいるだけだ。珈琲の香りがしない店内には、ただひたすら静寂が満ちている。

「……変な話ではあるが……」

　誰もが押し黙っている中、口を開いたのは、落ち武者の与一さんだ。彼はとある席に目を向けると、目頭を押さえて言った。

「明日になれば、菊江殿がまた、ひょっこり店に顔を出すような気がするのだ。ハハ、あの方があやかしになんてなるはずはないのに」

　その席は、菊江さんの指定席だった。庭が望める、眺めのいい席ではあるのだが、時間帯によっては日差しが差し込んできて、とても暑くなる。そういう時、菊江さんはいち早く気がついて、率先してカーテンを閉めてくれた。正直、忙しい時などはとても助かっていた。

「花も……持ってくる人がいなくなっちまったなあ……」

　そう呟いたのは、化け狸の源五郎さんだ。店の一角には、藍色の花瓶が置いてあった。そこには、毎日季節ごとの花が生けられていた。それらはすべて、菊江さんが庭で丹精込めて育てた花だった。店に彩りを添えてくれていたのも、菊江さんだった。

「菊江さんの作った差し入れ、もう食べられないのか。楽しみにしてたのに」

　しみじみと言ったのは、骸骨の田中さんだ。菊江さんは、度々タッパーに入れた食事を差し入れしてくれた。そういえば、その味が随分前に亡くなった母親が作ってくれたものに似ていると、田中さんはいつも嬉しそうに持って帰っていた。

「——ああ、人間というのは本当に儚いものだ」

そう呟いたのは、一体誰だったか。その言葉を皮切りに、また沈黙が落ちた。店内に響いているのは、誰かが鼻を啜る音。そして小さな嗚咽《おえつ》。

あまりの空気の重さに堪えきれなくなった私は、キッチンへと足を向けた。するとそこには朔之介さんの姿があった。見ると、珈琲を淹れる準備をしているようだった。

「どうしたんですか？　今日はお休みだって青藍さんが」

私が声をかけると、朔之介さんは驚いたように顔を上げた。どうやら、今しがたまで、私がきたことに気づいていなかったらしい。彼は少し困ったような顔になると、鋏を手にして言った。

「確かに休みだけどね。でも、常連さんたちがきているだろう？　せめて、珈琲くらいは出そうかなって。……きっと、少しは落ち着くだろうし」

そう言って、朔之介さんはまた手元に目線を落とした。どうやら、珈琲豆の袋を開けようとしているのだが、苦戦しているようだ。酸化させないようにという配慮からなのか、袋の口はガチガチに固められていて、普段でも開けるのに苦労する。朔之介さんは、袋としばらく格闘していたが、どうにも開けることができなかったようだ。

——カシャン！

仕舞いには、諦めたのか鋏をシンクに投げ出してしまった。がっくりと項垂れて、髪を乱暴にかきむしる様は、見るからに苛立っているし彼らしくない。

私は朔之介さんの隣に立つと、そっと背中に手を添えた。すると、彼はビクリと身を竦めると、泣きそうな顔で私を見つめた。

「……ここは私に任せて、少し休んだらどうですか」

「でも……」

彼の体からは、まだ線香の香りが匂ってくる。それがまた、更に彼の悲しみを増しているように思えてならない。

私は、なるべくにこやかであるように心がけて言った。

「大丈夫。大丈夫です」

すると、朔之介さんの瞳が大きく揺れた。彼は、苦しげに顔を歪めたかと思うと、小さな声で言った。

「……じゃあ、お願いするよ」

「温かいものでも用意していきますね」

「うん、よろしく」

朔之介さんは頭を軽く下げると、フラフラと店の中に戻っていった。

「……ふう」

彼の姿が見えなくなったのを確認して、キッチンの壁に寄りかかる。

――一体、なにが大丈夫だと言うのだろうか。

自分で口にしたこととはいえ、正直それがなにを指しているのかわからなかった。けれど、今はこの言葉が相応しいような気がして、思わず口にしてしまったのだ。

『――あの人には心安くいて欲しいの。幸せであって欲しい』

菊江さんの言葉を思い出して、胸が苦しくなる。誰にも愛情を注がれず、不治の病に冒されたまま、サナトリウムに置いていかれた彼にとって、心の一部を占めていた大切な誰かが去ること自体、恐怖以外のなにものでもないだろうに。

死というものは、遺されたものに容赦なくのしかかる。その重みに堪えられるかは、本人次第だ。

「彼にかかる重さを、少しでも分かち合えたら……」

思わず口にして、すぐに首を横に振った。諦めたはずの恋だ。けれど、彼を助けたいと思う気持ちは募るばかりで、しかし友人として支えるには、彼の抱えるものは重過ぎる。心の奥で火種が燻っているのは理解している。ちりちりと水面下で範囲を広げていく火種は、私の体を、そして心をじわじわと焼き尽くそうとしている。

「……どうすれば……」

その時、誰かが私の肩を優しく叩いたような気がした。

「大丈夫、大丈夫。肩の力を抜いて？」

更には、優しい声が聞こえたような気がして、心臓が勢いよく跳ねる。思わず振り返ろうとして――自分が壁を背にしていることに気がつき、動きを止めた。そして思い出したのだ。

『大丈夫、大丈夫』

それが、菊江さんの口癖だったことを。

心臓を中心に、じわじわと温かいものが広がっていって、目頭が熱くなる。同時に、寂しさがどっと押し寄せてきた。

「菊江、さん。私……」

私は袖で滲んだ涙を拭うと、壁に寄りかかるのをやめて、背筋をシャンと伸ばした。そっと胸に手を当てると、目を瞑る。ここには、菊江さんから貰ったものがたくさん詰まっている。

——自分の気持ちに臆病になったら駄目。我慢なんて、体に悪いだけだ。後悔のない人生を送ろう。私は……変わりたい。私は人間だ。気持ち次第で、いくらでも変われるはず。大丈夫、きっと——大丈夫!!

「よっし！」

私は、腕まくりをすると、冷蔵庫に向かった。

「驚いたな、これは」

「本当にアンタが作ったの？　嘘ついたら駄目よ？　焦げてないじゃない！」

「青藍さん……その言い方、流石に酷くないですか!?」

「アハハハ！　『黒焦げの橋』だからなぁ」

「田中さん⁉　変なあだ名をつけないでくださいよ！」

　腰に手を当てて、盛大にため息をつく。すると、常連さんたちはたちまち大笑いした。あの後、私は菊江さん直伝の「けんちん汁」を作った。カフェの冷蔵庫には、お客様に提供するものの他に、私と朔之介さんが普段食べる食材も入っている。ちょうど、先日煮物を作った残りの材料があったので、それを利用したのだ。

　正直、上手くいくかはわからなかった。けれど、不思議なほど今日は調理が順調に進んで、納得のいく仕上がりとなった。

　けんちん汁を食べた常連さんたちは、「菊江さんの味だ」と揃って涙を滲ませ、あっという間に平らげてしまった。それを機に、彼らはポツポツと菊江さんとの思い出を語り始めた。故人と紡いできた様々な記憶を口にして、寂しさを吐き出し、想いを昇華していく。しんみりしつつも、どこか穏やかな時間が過ぎて行く。

「……アンタ、頑張ったわね」

　青藍さんに優しく声をかけられて、また泣きそうになる。けれど、私は泣くわけにはいかなかった。まだ、「変わらない味」を食べて貰っていない人がいる。

　縁側に面したガラス戸を開けると、温い風が頬を撫でて行った。

　普段は夜になると騒ぎ出すあやかしたちも、今日は菊江さんたちの死を悼んでか姿を消している。月の発する青白い光が庭を照らし、静かな夜を演出している。

そんな庭を、縁側に座った朔之介さんはぼうっと眺めていた。月明かり以上に青白く、なんの感情も宿していないように見えるその顔は儚げで、どこかへふっといなくなってしまいそうな、そんな危うさがあった。

「朔之介さん、お腹、空いてませんか」

私が声をかけると、彼はやたらゆっくりとした挙動でこちらを見た。普段とは違う、あまりにも昏い瞳に、動揺する。もしかしたら、これが——この瞳が、彼の本当の姿なのかもしれない。そう思いつつも、平静を装って声をかけた。

「けんちん汁、作ったんですよ。食べませんか」

必死に笑みを作って、お椀を差し出す。けれども、朔之介さんは小さく首を横に振ると、視線を庭に戻してしまった。

「腹は空いていないんだ。すまない」

そして、それだけを言って黙りこくってしまった。

朔之介さんの横顔をじっと見つめる。本当ならば、放っておいた方がいいのかもしれない。けれど——今日ばかりは、そうもいかない。菊江さんは、彼に心安くあって欲しいと願っていた。一世紀、変われなかった人なのだ。このままじゃきっと、ずっと引きずるに違いない。そんなの——絶対にいけない！

「駄目です」

「え」

彼の腕を、力いっぱい握る。じとりと朔之介さんを睨みつけて、やや強引にその手にお椀を押し付けた。

「菊江さん、しんみりした空気嫌いだって言ってました。そんな顔してたら、怒られちゃいますよ」

「え、ええと」

私は目つきを和らげると、彼の反対側の手に箸を握らせた。

「ひとくちくらいは食べてください。このけんちん汁が作れるようになるまで、私と菊江さんがどれだけ苦労したと思っているんですか。料理ベタな私が、奇跡的に美味しく仕上げることができたんですよ。食べて、そしていっぱい褒めてください！」

わざと戯けてみせる。朔之介さんは優しい性格もあって、押しに弱いところがある。彼は目を白黒させつつも、なんだかんだとお椀を受け取ってくれた。内心、ホッとしつつ言葉を重ねる。

「食べた後は、菊江さんとの思い出を語りましょう。それがきっと――遺された私たちがやるべきことだと思うから」

けれど、朔之介さんは困惑気味にお椀を見つめているだけで、なかなか口をつけようとはしない。一瞬、途方に暮れかけたけれど、この時、脳裏に浮かんだのは、菊江さんの優しい笑顔だ。

『大丈夫、大丈夫』

彼女はそう言って、私の背中を押してくれているようだった。しんみりは駄目だ。気持ちが滅入るだけだもの。できる限り明るく行こうと決意して、私は彼の手の中のお椀を覗き込むと、具材をひとつひとつ指差していった。

「見てください、これ。人参、本当はお花になる予定だったんです。でも、なんかこう……得体のしれないものになっちゃいました。そうですね、物体Xとでも名付けましょうか」

「ぶったい……？」

「そうです。大根だって、恐ろしいほど分厚く皮を剥いちゃいました。再利用でもしないと、農家さんに罪悪感を抱く程度には、存在感がある仕上がりになってます。あ、後でお漬物にしてくれませんか？　もったいないから」

「……ぶっ」

するると、朔之介さんが小さく噴き出した。虚ろだった彼の瞳に戻ってきた色に、私は気を良くして話を続ける。

「里芋の皮剥きなんて、指を落とすか落とさないかの瀬戸際だったんですよ。見てください、この指！　まるで歴戦の戦士みたいでしょう」

彼の眼の前で、ぱっと両手を開く。そして、絆創膏まみれのそれを見せつけた。すると、朔之介さんはパチパチと目を瞬くと、勢いよく顔を伏せ、肩を震わせ始めた。

私は、ふんすと鼻息も荒く「頑張りました！」と言うと――へへへ、と気が抜けた笑みを浮かべた。

「でも、味はよくできたんです。菊江さんの教えた通りに。本当――私に教えるの、大変だったと思うんですよ。でもね、その時のこと思い出すと、彼女、いつも笑ってたんです。失敗しても、焦がしても、調味料を入れ過ぎたって、大丈夫、大丈夫っていっぱい励ましてくれて。少しでも上手にできたら褒めてくれた」

……ああ、菊江さんに会いたいなあ。

話しながらしみじみ思って、でも会えないことは理解しているから、途端に寂しさがこみ上げてくる。あの温かな笑みを向けてくれる菊江さんは、顔をくしゃくしゃにして笑ってくれる菊江さんは、仕方ないわねと困ったように笑う菊江さんは――もうどこにもいないのだ。それがとても切なくて、苦しくて――恋しくて。

あの優しい微笑みに、思い出の中以外には、もう二度と会えないことを実感してしまった。

「私、菊江さんが本当に大好きでした。あんなに温かい人と出会えて、本当によかった。でも――もっと、もっと一緒にいたかったなあ。もっとあの笑顔を見たかったなあ。もっと色々教えて欲しかったなあ。もっと早く出会えていればよかったのに」

それは、紛れもない私の本心。

「もっと、同じ時間を過ごしたかったなあ……」

その言葉と共に、一粒の涙が零れ落ちた。

「あ、あれ。しんみりは駄目だって自分で言ったのに。ごめんなさい、待ってください。今、すぐに止めますから……」

流れ始めた涙は、次から次へと流れ落ち、私の頬を濡らしていく。明るく行こうと決めたのにと、慌てて涙を拭う。けれど、どうにも止まりそうにない。頭は菊江さんのことでいっぱいで、ふとした瞬間に彼女の優しい言葉が、楽しい記憶が蘇ってくるのだ。どうしようかと戸惑っていると、おもむろに朔之介さんが口を開いた。

「そうなんだよ」

彼はポケットから取り出したハンカチで私の涙を拭うと、しみじみと言った。

「菊江さんは、本当に優しい人なんだ」

そして、ポツポツと菊江さんとの思い出を語り始めた。

「昔から店に通ってくれて、普通よりも濃いめの珈琲が好きでね。風邪を引いた時なんて、山ほど果物を持ってきてくれて。そうそう、青藍と一緒に僕の恰好にダメ出しをするんだよ。高度経済成長期の頃、まだ和装だった僕に、着物は古臭い、もっと流行の服を着なくちゃって、服を持ってきて――。本当に世話になったんだ。寒くないか、暑くないかってことあるごとに、心配してくれて……」

朔之介さんは、くしゃりと顔を歪めると、掠れた声で言った。

「母に世話をして貰った記憶はないけど、多分、普通の母親がしてくれるようなことをしてくれたのが菊江さんだった。いっぱい、いっぱい……優しくしてくれたんだ」

朔之介さんの体が震えている。

俯いてしまった彼の顔から、透明な雫が溢れている。

「菊江さん。どうしてこんなに早く」

「……っ」

掠れ声の彼の言葉に、思わず息を飲む。菊江さんは、決して早世したとは言えない年齢だ。けれどそれは、あやかしである彼にとっては違うのだろう。永い時を生きるようになってしまった彼にとって、これからもずっと生きなければいけない彼にとって、菊江さんの死は早過ぎる。

胸が締め付けられるように感じて、私はお椀を持つ彼の手に、自分のそれをそっと重ねた。彼は望んであやかしになったわけではない。けれども、こんな別れを何度も繰り返しているのなら、それはなんて残酷なことなんだろうか。

私に手を握られて、朔之介さんは一瞬ビクリと身を竦ませた。そして、前髪越しに弱々しい視線をこちらに向けてきた。私は、彼の薄茶色の瞳を覗き込みながら、ゆっくりと話しかけた。

「菊江さんに会いたいですか？」

「……え？」

私は驚いた顔をした朔之介さんに言った。

「このけんちん汁は、菊江さんのお祖母さん、お母さんから引き継いだ味なんです。そして、私に受け渡してくれた味。ここに籠もっているのは、菊江さんとの思い出なんです。これを食べたら、いつだって彼女は蘇るんですよ」

私は涙でぐちゃぐちゃになった顔に、心からの笑みを浮かべると、一言、一言、噛みしめるようにして言った。

「人は時に立ち止まる生き物です。だから、『変わらない』ものを好みます。そこに、かけがえのないものが宿っているのを知っているから、大切にするんです」

――だから、食べてみませんか。

囁くように言って、手を離す。彼は青ざめた顔のまま、お椀を見つめている。お椀の汁に映り込んでいるのは――まんまるのお月さま。それと、涙に濡れた彼の顔だ。朔之介さんは、恐る恐るそれに口を近づけると――ごくり、と飲み込んだ。

「……ああ」

そして、震える声で言ったのだ。

「美味い、菊江さんの味だ」

そして、朔之介さんはとても優しい笑みを浮かべた。その笑みは、どこか菊江さんのものに似ていて、また泣きたくなってしまった。

その時、温い風がまた頬を撫でていった。それはまるで、涙で濡れた私の頬を、誰かが優しく拭ってくれたようだった。

四章　心に沁みる珈琲

菊江さんの葬儀から、二週間経った。淡い色に彩られた季節が過ぎていき、あっという間に雨の季節がやってきた。雨が降ると冷たい風が吹くものの、じっとりと湿った空気のせいで、少し動くだけで汗が滲んでくる。晴れたら晴れたで、夏もかくやという強い日差しが照らすため、気温はうなぎ登り。洒落た傘が、雨の日ならず晴れの日も、競うように鎌倉のあちらこちらで花開くようになると、そろそろ夏も近いのだと実感する。

あれから、朔之介さんは少し落ち込んでいたようだったけれど、徐々に普段通りに戻ってきているようだった。

時折、仕事終わりに私や青藍さんと菊江さんの思い出話をしては、一緒に静かな時を過ごす。親に捨てられたせいで、心に深い傷を負っている彼は、自分なりに「大切な誰かがいなくなること」を処理しようと努力していた。

ネガティブな感情を溜め込むのではなく、前向きにこれからのことを考える姿勢は今までの彼にはなかったもので、青藍さんや常連さんたちは喜んでいるようだった。もちろん、私もだ。彼をのんびり見守っていこうと、誰もがそう思っていた。

……けれども、あることに関しては、そうゆっくりしてもいられなかった。

「ここの珈琲、イマイチだね」

「うん。美味しいってネットで見たんだけどな。残念……」

これは、店を出たすぐ鼻の先で、観光客がしていた会話だ。たまたま、片付けに出ていた私と朔之介さんは、この会話をモロに聞いてしまって、固まってしまった。

まずい！　と、恐る恐る朔之介さんの様子を窺う。彼は、悲しげに瞼を伏せていたかと思うと、次の瞬間にはちょっぴり不自然な笑顔を浮かべて言った。

「……ハハ、参ったね」

「あの、気にしなくていいと思いますよ！　味覚なんて、個人差があるんですし」

「わかってる。ありがとう」

励ましてはみたものの、その日の朔之介さんは、どこかとても寂しそうだった。

落ち着いてきたように見えた朔之介さんだけれど、なかなか珈琲の味までは戻らなかったのだ。それほど味にこだわりがない客であれば問題ないようだったが、舌の肥えた客までは誤魔化せなかった。ある日、ふと検索した口コミサイトで「味が落ちた」というレビューを見つけた時は、正直、頭を抱えた。これは放ってはおけない。

「――というわけで」

ある日のこと。朔之介さんが買い出しで不在の店内で、私は、青藍さんとサブロー、常連さんたちに向かって言った。

「私、朔之介さんの母親のことを調べようと思っています」

「――はぁ？」

「詩織姉さん、なにを言い出すんだよ」

するると、彼らは困惑したように顔を見合わせた。青藍さんなんかは、明らかに不機嫌になって、眉を顰めている。

「訊いてもいいかしら。どうしてそうしたいと思ったの？」

「朔之介さん、随分と元気になってきたように見えますが、まだまだ本調子じゃないみたいです。珈琲の味が落ちたって、噂になってます」

するると常連客たちの間から、ああ……とため息ともつかない声が漏れた。毎日朔之介さんの珈琲を飲んでいる彼らも、そのことは身に沁みて感じているようだった。どこか濁ったようなその味は、彼らが長年愛してきた味とはまったく違うものだ。

「でも、それがどうして朔の母親を捜すことになるわけ？」

「彼の不調の原因は、皆さんご承知の通り、『大切だと思っていた相手』との別れです。ですが、その、そもそもの原因として、親に捨てられたことがあります。誰からも『愛されなかった』こと。それが彼を苛んでいる。でも、正直……私、納得してません」

「なにをよ」

「朔之介さんが『愛されていなかった』ことです」

私がそう言うと、みんな驚いたようにこちらを見た。私は彼らをゆっくりと見回すと、背筋をシャンと伸ばして言った。

「話を聞く限り、朔之介さんの母親は、家庭内であまり強い立場になかったのだと思いました。時代的に、女性が……しかも、愛人という立場にあった人が、男性に強くものを言うこと自体、かなり難しかったでしょうし、おそらく、彼の父親は病気になった息子を実際に切り捨てたのでしょう。悲しいことではありますが、それは間違っていないのだと思います。ですが、母親はどうでしょうか。朔之介さんの母親まで、父親と同じ様に考えていたのでしょうか」

　すると、私の言葉に落ち武者の与一さんが反応した。

「待て待て。そんなこと、今更調べてどうする。なにか出てきたとして、それが事実かどうかわからないではないか」

「そうです。今となってはわかりません。それに、母親がサナトリウムに見舞いにこなかったのは、紛れもない事実です。……しかしですよ、果たしてそれは、母親自身が望んだことなんでしょうか？　母親が、ほんの少しでも朔之介さんを気にかけていたという証拠が出てきたら、どうでしょう？」

　朔之介さんは、私に母親のことを少しだけ語ってくれていた。一緒に七里ヶ浜に行った日、本ばかり読んでいたという彼の過去を聞いた時に、「母親も自分が読書するのを好んでくれていた」と言っていたのだ。それは少なくとも、母親と会話をした時に、本を読むことについて好意的な言葉を貰っていたと考えていい。

その言葉は、上辺だけのものだったのかもしれない。けれど、そのことを語った朔之介さんの顔は、とても穏やかで、大切な思い出を語るような雰囲気があった。

「母親だからといって、すべての人間が子どもを愛せるわけではないのは理解しているつもりです。でも、彼の話の端々に垣間見える『母親像』からは、そういう人だとは思えなかった」

子どもというものは、とても敏感なものだ。大人の本心を、ズバリと見抜くことがある。普段、親と一緒にいられない子どもであれば尚更だ。久しぶりに会った大切な相手の一挙一動を見逃すまいと注目するだろうし、呟きのひとつも聞き漏らさないようにするに違いない。

だから、朔之介さんの母親が彼に贈った言葉は、本心からのものだったのではないかと、私は考えた。少なくとも彼の母親は、自分の子どもに、優しい言葉をかける程度の気遣いをしていたのではないか——？

「ほんの少しでもいいんです。病弱な子どものことを気にかけていたという事実が出てくれば、『愛されていなかった』ことにはならないと思うんです。だから、調べてみようと思いました。亡くなった菊江さんも、彼には心安くあって欲しいと、願っていましたから」

「待って」

するとと、私の言葉を青藍さんが遮った。彼は、いつも酔いで蕩けていることが多い瞳に、真剣な光を宿して私をじいと見つめている。それはまるで、私の心の奥底を覗き込もうとしているようだった。

「それになんの意味があるの。あの子の母親はもう亡くなっているのよ。たとえそうだったとして、結局あの子に待っているのは、大切な人はもういないという事実だけ。いたずらに、古傷を弄るようなことはしない方がいいんじゃないかしら。過去にもこういうことはあった。今までだって、あの子はあの子なりに乗り越えてきたのよ。別れなんて、あやかしにはつきものだわ。アタシたちにできるのは、今までと同じ様に見守ることだけよ」

それは、朔之介さんを長い間見守ってきた青藍さんらしい言葉だった。確かに、私もそれは思わなくもなかった。余計なことをして、彼にダメージを与えてしまったら、元も子もない。それに、母親のことを調べたとしても、徒労に終わる可能性もあるのだ。なにせ、明治時代のことだ。本人は確実に亡くなっているし、今までの間に戦争も天災もあったのだ。なにも残っていない可能性もある。

「それでも私は、行動を起こすべきだと思います。調べた結果を知らせるかどうかは、慎重にするべきだとは思いますが、一とゼロでは雲泥の差があると思うんです」

現状のままでも、朔之介さんはいつか立ち直るのだろう。彼の周りには優しい人が揃っているし、あえて彼を傷つけようとする人はいない。穏やかに「元に戻る」ことは、おそらく一番負担のない方法だ。けれども、「変わるべき」だと思う。今のままでは、別れがくるたびに傷つき続けるだけだ。

私は、青藍さんの瞳をまっすぐに見つめ返すと、どうか私の言葉が響きますように と、心の中で願いながら言った。

「愛されたことが『ある』のと、まったく『ない』のとでは、心の持ちようが全然違います。その事実はきっと、彼の支えになってくれるはずです。お願いします。どうか、私に彼の母親のことを調べさせてください」

「……」

すると、青藍さんは酷く苦しげな表情になって言った。

「——どうして？　あの子を少しだけ変えてくれたアンタに、感謝しているわ。でも、急激な変化は負担が大きいことくらいわかるでしょう？」

青藍さんの言いたいことは理解できる。変わることはとても勇気のいることだ。変わるかどうかを選ぶのはあくまで本人であって、他人が踏み込んでいい領域ではないこともわかっている。でも、あえて今、私は行動を起こしたい。そうしなければ、進まないことだってあると思うのだ。私は胸に手を当てると、ここ最近ずっと考えていたことを告げた。

「私、この店にきてよかったと心から思っているんです。大げさかもしれないけれど、救われたと思っています。多分、ここにこなかったら——私、自分を捨てた彼氏のことで、まだウジウジしてたと思うんです。きっと立ち止まったまま、前に進めていなかったはず」

——ここに私を置いてくれた青藍さん。受け入れてくれた朔之介さん。どんな時も守ってくれたサブロー。歓迎してくれた常連客のみんな。私は彼らに感謝している。だからこそ、私にできることをしたい。しなくては、と思うようになった。

「昔は、他人にこんなお節介しようだなんて、思いませんでした。でも、ここのみんなが……私を、仲間だと言ってくれたみんなが、大切なんです。これは……私のエゴです。だから、納得できないなら反対してもらっても構いません」

青藍さんは、私の言葉には答えず、物憂げに瞼を伏せて、何事か考え込んでいるようだった。常連客たちは、困惑しきりの様子で顔を見合わせている。

すると、ずっと黙って話を聞いていたサブローがぽつりと言った。

「姉さんは、本当に朔の兄さんのことが好きなんだね」

「えっ⁉　いや、だからその、朔之介さんだからってわけじゃなく」

「誤魔化さなくてもいいさ。バレバレだし。あ〜あ。なんだい、なんだい。やっぱり人間は、イケメンの男が好きなんだ」

「だから違うってば！」

慌てて、サブローを抱き上げようとする。けれど、私の手をひらりと躱したサブローは、じとりと私を睨みつけると、小走りでどこかへ行ってしまった。

「……あ」

サブローの後ろ姿が見えなくなると、途端に心細くなった。青藍さんや、常連さんたちは、サブローのように去ることはしなかったが、それでも積極的に協力してくれるような雰囲気ではない。

（そんなに甘くないか）

こうなったら、ひとりで調べるしかないだろう。どうすればいいかわからないけれど、やってみるしかない。私は覚悟を決めると、彼らに向かって気にするなと言おうとして――言えなかった。何故ならば、カフェの入口が派手に開く音と同時に、やけにハイテンションな声の持ち主が割り込んできたからだ。

「ハハハハハ！　素晴らしい。なんて献身的で、情熱的で！　そして、愛に溢れているんだろう！」

「うげ」

「その、僕を見た途端に顔を歪める反応も大変結構！　しかし、実のところ、僕のハートはとても柔らかい素材でできていてね。君の反応でもろくも崩れそうだ。そう、まるでおぼろ豆腐のように――豆腐小僧だけに！」

あまりの喧《やかま》しさに、両耳に指を突っ込む。すると、ソイツはまた大げさに「その反応！　まったく酷いことこの上ない！」と、やけに嬉しそうに笑い始めた。

乱入してきたのは、豆腐小僧だった。銀縁眼鏡をかけたイケメン姿で現れた彼は、長めの前髪をファサ、と気障な仕草でかきあげると、手土産に持ってきたらしいざる豆腐を青藍さんに押し付けた。そして、馴れ馴れしく私の肩を抱いて言った。

「僕はこの計画に賛成だよ。いい加減、鬱々とした友人の顔は見飽きていたんだ」

そして、パチリと片目を瞑ると、青藍さんに向かってにこやかに言った。

「知っているかい。豆腐作りというのは非常に奥が深くてね。この店の珈琲のように、ちょっとしたさじ加減で随分と味が変わってしまうのさ。湿度や温度、豆の具合にとても気を使う。なにせ、少しの『ズレ』で、厳選した大豆が台なしになってしまうんだからね。僕が言いたいのはね、最高の素材が『自動的に』最高のものになるわけじゃないということさ。——手の中で、可愛い可愛いと愛でるのは結構だが、甘やかしも程度が過ぎると腐敗の原因になるとは思わないかい。僕は豆腐小僧であって、納豆は管轄外なんだがね」

少し戯けたような言葉に鋭い棘を潜ませて、豆腐小僧は鋭い眼差しを青藍さんに注いでいる。すると、青藍さんは盛大にため息をついた。そして、彼は肩を竦めると「わかったわ」と苦笑いを浮かべた。

「アタシも協力する。情報を共有すれば、調べ物も捗るでしょ」

「本当ですか！」

「おやおや、期せずして力強い味方ができたようだね」

「アンタ、自分で焚きつけておいて、なに言ってんのよ」

ぎゃあぎゃあ、いつも通りに騒ぎ始めたふたりを余所に、私は心底ホッとしていた。強い言葉を並べてみたものの、不安だったのだ。彼を、ずっと気にかけていた人が手伝ってくれることは、なによりも心強い。すると、青藍さんとやりあっていた豆腐小僧は、おもむろに私の耳元に顔を寄せて言った。

「このお礼は、デートでして貰おうかな」

「絶対に嫌」

そういえば、ずっと肩を抱かれたままだったことに気がついて、豆腐小僧の腕の中から逃げ出す。そして、素早く青藍さんの後ろに逃げ込んだ私は、彼を睨みつけた。

「協力を取り付けてくれたことは感謝しているけど、そういうのはお断りします！」

「おやまあ、振られてしまった。この美しい僕が！　珍しいこともあるもんだ」

「小僧姿でくるなら考えてもいいけど」

「その姿はっ！　忘れてくれないかっ‼」

蹲って泣き出してしまった豆腐小僧は放置することに決めて、私は、青藍さんへ話しかけた。

「そういえば、一度、朔之介さんについて調べたことがあるんですよね？　知っていることがあれば、教えてくれると助かるんですが……」

「もちろんよ。アタシが知っていることは全部教えるから、役に立てて頂戴。あ、図書館やらネットでの調べ物は任せるわ。そういうのは苦手なのよ」

「わかりました。そちらは私が当たります。青藍さんは、どうするんです？」

すると、青藍さんはニィと口元を釣り上げて、妖艶な笑みを浮かべた。彼がそういう表情をすると、元々整っている容姿も相まって、壮絶な色気を醸し出す。見かけは明らかに男性なのに、仕草は色っぽい女性そのもの。きっと、歌舞伎の女形の役者さんはこういう感じなのだろう。なんとも艶めいた妖しさを滲ませる彼に内心ドキドキしていると、青藍さんはパチリと片目を瞑って言った。

「猫にはね、猫の探し方ってもんがあるのよ」

「──え？」

青藍さんがそう言った瞬間、四方八方から視線を感じて、ぞわぞわと全身に鳥肌が立ったのがわかった。それは、どこか面白がっているような視線。そのなんとも言えない居心地の悪さに、恐る恐る周囲を見回すと──。

「「「「にゃあああああん」」」」

──なんと、梁から、天井裏から、窓の外から、店の中のあらゆる場所から、無数の猫たちがこちらをじっと見つめていたのだ。猫たちの、ぼんやり光る無数の瞳に気圧されて、数歩後退る。すると青藍さんは、満足げに彼らを見渡して言った。

「ネットだの図書館だの、そういうのはさっぱりだけれど、当時から生き続けているあやかしは、この日本にはごまんといるわ。そいつらへの聞き込みは私に任せて頂戴。猫の情報収集能力を、見せてあげるわ！」

「じゃあ、夕方には帰ってきますから」

「今日も行くのかい？」

「はい、ちょっと用事があって」

週に二日あるお休みの日。首もとには薄手のスカーフ、肌の出る場所には日焼け止めをたっぷり塗って、UVカットの日傘を用意。日焼け対策を万全に整えた私は、カフェの裏口から外に出た。もちろん、朔之介さんの母親について調べるためだ。ここ最近は、休みごとに東京に出向き、古い地図で朔之介さんの生家のあった場所を調べて、当時の登記簿からその後を調べてみたりと色々と忙しくしていた。そんな私を、朔之介さんは、わざわざ見送りに出てきてくれていた。

「今日も暑くなるそうだから、気をつけて行くんだよ」

そう言った朔之介さんは、少し心配そうだった。なにせ、最近までは休みの日はだらだらと過ごしていた私だ。急に活動的になったので、なにかあったのかと気がかりなのだろう。やっぱり朔之介さんは優しい。彼のこういう細かい気遣いは、時に心を温かくしてくれる。

（ああ、好きだなあ）

しみじみとそう思う。同時に、彼に惹かれてよかったとも思う。この歳になって、そういう人と出会えたことはとても貴重なことなのではないか。胸の奥から湧き上がってくる、この甘酸っぱい感情。久しぶりの片思いは、なんとも擽ったく、同時にもどかしい。

　すると、朔之介さんがなにかを手渡してきた。それは、水筒と飴だった。

「熱中症が怖いからね。水分補給を忘れずにね。これ、アイスレモンティー。甘い方が好みだったよね？　それに、塩飴。よかったら食べて」

　――ああ、朔之介さんの笑顔が眩しくて見えない……！

　優しさの追い打ちに、私はプルプル震えながら、口元を手で覆った。

「守りたい、この笑顔」

「ん？」

「いえ。なんでもありません。ありがとうございます！」

　思わず、変なことを口走ってしまい、暴走しそうになる自分を宥める。危ない、変な女だと思われるところだった。動揺を顔に出さないように苦労していると、朔之介さんは私の頭を見て、笑みを浮かべた。

「それ、似合っているね」

「そうですか？」

「ああ。橘さんの髪色に合ってる」

　嬉しくなって、頭のそれにそっと触れる。そこにあったのは、菊江さんが差していた櫛だ。黒塗りの漆に、紫色の藤の花。金粉がまぶされたそれは、彼女が「私に」と遺してくれたものだ。一度は受け取りを断ったものの、菊江さんが亡くなった後、長男さんがわざわざカフェに持ってきてくれた。終活にと色々と準備をしていた彼女だが、遺言書も作っていたらしい。それと一緒に、小さなメモ書きを残してくれていたそうだ。長男さんが見せてくれたメモには、こうあった。

『この櫛が一番似合う彼女に差し上げてください』

そうまでされては受け取らないわけにはいかない。私は、ありがたく頂戴することにして、彼女に倣って気合を入れたい時に着用することにした。すると、なんでもできるような気がするから不思議だ。

菊江さんは、本当に多くのものを私に遺してくれた。

(私、頑張りますから。……見守っていてくださいね)

「じゃあ、行ってきますね」

「行ってらっしゃい」

私は、朔之介さんに笑顔で挨拶をすると、カフェを出発したのだった。

町に出ると、途端に暑い日差しに照らされて、あまりの眩しさに目を細めた。

──夏が終わる前までには、彼の母親について調べがつけばいいのだけれど。

私は、早くも頬を伝い始めた汗をハンカチで拭うと、観光客を避けるために裏道を通りながら、駅に向かって歩き始めた。

「……どうしたものかしらね」

「こりゃ参ったね」

「ううん……」

　朔之介さんの母親のことを調べ始めてからしばらくして、私たちは、鎌倉の御成通りにある小さなコーヒースタンドにきていた。カウンターで各々珈琲を飲みながら、お互い持ち寄った情報を交換する。その結果、わかったことがある。

　朔之介さんの父親が経営していた店は、東京大空襲で店が焼けた後、立て直すことができずに潰れてしまったこと。従業員や経営者家族は、戦後の混乱の中、散り散りになってしまって、今はどこにいるかわからないこと。跡地には、現在、外資系の商業施設が建ってしまっていること。

「猫たちを総動員して、店があった辺りに住んでいるあやかしに聞き回ったけど、夜逃げ同然でいなくなったことくらいしかわからなかったわ。どこに行ったのかすらわからない。そもそも、戦争に嫌気が差して、あの辺りのあやかしは戦前から様変わりしたのよ。すっかり忘れてた！」

　悔しそうに顔を歪めたのは、青藍さんだ。すると、豆腐小僧もお手上げといった風に肩を竦めた。

「僕は、古い戸籍から行方が辿れないかと思って調べてみた。明治っていうと、戸籍の基礎になった『壬申戸籍《じんしんこせき》』ができた頃なんだけど、まだ差別なんかが色濃い時期に作られたものだから、今は見られないようだよ。まあ、そもそも今は個人情報の保護にうるさいからね。素人が調べるのは、ここが限界だ。探偵でも雇った方が手っ取り早いかもね。ああ、人間社会ってなんでこう面倒なんだろう」

どうやら、ふたりとも有用な情報は得られなかったようだ。私も、図書館で集めてきた資料をパラパラとめくって、がっくりと肩を落とした。

「私は、土地の権利関係なんかから、辿れないかと思ったんですが……戦争で一面焼け野原になった後の土地の変遷《へんせん》が複雑過ぎて、よくわかりませんでした」

一通り話し終わると、私たちは盛大にため息をついた。

「詰んでない？　コレ」

「うっ……。正直、私もそう思います」

「前にアタシが調べた時は、まだ店が潰れる前だったからね。従業員の話を聞くのも、そんなに苦労しなかったのよ。その人たちも、今はもう生きていないだろうし」

「まったく、人間はあまりにも短命過ぎるな。もどかしい」

三人がかりで色々と調べたのにもかかわらず、なにも得られなかった私たちは、途方に暮れてしまった。一世紀以上も前のことになると、そうそう簡単に調べることはできないらしい。覚悟はしていたけれど、流石に事実を突きつけられるとキツイものがある。けれども、ここで諦めるわけにもいかない。

「ま、すぐにわかるわけないですよね。焦らず、確実にやっていきましょう」

「アンタ、結構しぶといわよね」

「そうでもないですよ。この歳になると、成果やら奇跡は簡単に舞い込んでこないって理解しているだけで」

半ば自棄気味に、焼きたてのスコーンにジャムをたっぷり載せて食べる。手作りジャムならではの優しい甘さは、ほろ苦い珈琲にぴったりだ。

「あら、詩織ちゃん。それ美味しそうね。アタシにもひとくち頂戴よ」

「嫌です。自分で頼んでください」

「ケチね〜。そんなんじゃ、いつまで経っても結婚できないわよ」

「この程度を許容できない男性なんて、こっちからお断りですね」

もぐもぐとスコーンを咀嚼しながら、青藍さんと軽口を叩き合って現実逃避をする。疲れた心と脳に、甘味が優しく染み渡る。大人になってから、太ることを気にして甘いものをあまり積極的に食べなくなったけれど、口にすると途端に癒される自分に気がつく。ストレス発散に甘味を選ぶようになると、悲惨な末路が待っているのを理解しているものの、甘いものの魅力にはなかなか抗えない。

（子どもの頃みたいに、気兼ねなく食べられたらいいのに。いや、運動量も違うし、代謝が衰えたから無理か）

そんな、どうでもいいことをつらつらと考えながら、これからどうするべきかと思案に暮れていると、はたとあることを思いついた。

「そうだ。『子どもの頃』だ！」

私はポンと手を打つと、勢いよく青藍さんを見た。その時の、私の表情があまりにも必死だったのか、青藍さんはギョッとして、整った顔を引攣らせている。

「青藍さん、朔之介さんって子どもの頃、どこに住んでたんです⁉」

「な、なによ、急に」

「確か、父親の持っていた別荘に住んでたんですよね？　別荘って普通は避暑地に作るものだと思うんですが……そっちの方面で調べてみたらどうでしょう。建物は残ってないかもしれませんが、戦禍に見舞われてない分、東京よりも調べやすいんじゃないでしょうか」

するとと、感心したように豆腐小僧が私の頭を撫でてきた。

「へえ、君にしては目の付け所がいいんじゃないか？」

「君にしてはっていうの、余計なんですけど」

じろりと豆腐小僧を睨みつけ、彼の手を払いのける。朔之介さんは奥手過ぎるきらいがあるけれど、この人は逆にスキンシップが多過ぎる。豆腐小僧は手を払われたのにもかかわらず、ヘラヘラ笑って、そうかい？　と悪びれもしない。すると、私の言いたいことを理解したのか、青藍さんは明るい調子で言った。

「確かにそうね。そっち方面で調べてみるといいかも。問題は場所よね」

「朔之介さんは覚えていないでしょうか？」

「小さい頃に連れてこられたっきり、ほぼ家の中で過ごしてたのよ。自分がどこにいるかなんて、把握していたのかしら。それに、あの当時のことはあんまり思い出させたくないのよね」

　すると、その言葉を聞いた豆腐小僧は、途端に眦を釣り上げた。

「そうやって、君はまた朔之介を甘やかそうとする。別にこれくらい、聞いたっていいじゃないか」

「……うるさいわね。アンタに朔のなにがわかるってわけ⁉」

「少なくとも、対等な友人として彼のことは理解しているつもりだがね」

　剣呑な空気を醸し出し始めたふたりに、思わずため息を零す。苦笑いを浮かべている店主に視線で謝りつつ、朔之介さんが幼少時に過ごしていた場所に想いを馳せる。彼の両親は東京に住んでいた。当時の交通事情を鑑みても、そんなに遠い場所に別荘を持たないとは思うが……。

　思考を巡らせながら珈琲を啜っていると、今まで豆腐小僧といがみ合っていた青藍さんが、いきなり「あっ！」と大きな声を上げた。

「ど、どうしたんですか？」

　青藍さんは目を爛々と光らせ、満面の喜色を浮かべると、自分の頬を両手で挟んで身を捩った。

「そうよ、そうよね。明治でしょ？　あそこしかないじゃない！　アタシの馬鹿！」

「君が馬鹿なのは重々承知しているから、もったいぶってないで、早く結論を言ってくれないか。イライラする」

「そんなにイラつくなら、聞かなきゃいいでしょ!? なんの役にも立ってない癖に。濃口醤油で煮付けてやろうかしら!?」

「はっ！ 煮るなら出汁を利かせて、淡口で頼むよ」

「まあああ……」

また喧嘩を始めたふたりを、必死に宥める。

減らず口が止まらない豆腐小僧の口を押さえて、青藍さんに話の続きを促すと、彼は少し不服そうではあったが教えてくれた。

「当時ね、上流階級に人気の別荘地があったのよ。公爵やら、有名な作家やらがこぞって移り住んだ場所が」

「へえ。それはどこなんですか？」

「——鎌倉、よ」

青藍さんによると、当時、東京医学校（現・東京大学医学部）に招聘《しょうへい》されていた、「日本近代医学の父」ドイツ人医師エルウィン・ベルツは、自身が掲げる「保養の思想」の下、世界に草津《くさつ》温泉を紹介したり、病気にかからないための保養の重要性を説いた。海水浴を広めたのもベルツだ。ベルツは、レジャーとして扱われている今とは違い、保養を目的として海水浴を日本に広めた。加えて、自身の日記に七里ヶ浜からの眺望が素晴らしいことや、保養地として適している旨を残している。なんと、彼が主治医を務めていた大隈重信《おおくましげのぶ》や、当時の皇太子などに湘南地域に別荘を作ることを推奨したりもしたらしい。

それによって、鎌倉は一躍、別荘地として注目を浴びた。

明治二十二年に横須賀《よこすか》線が開通したことも大きい。東京・横浜からの交通の便が改善されたことにより、鎌倉の別荘地としての地位は確固たるものになった。その結果、当時の上流階級や、後の鎌倉文士と呼ばれることになる文学者たちが、こぞって鎌倉に移り住んだのだ。

「懐かしいわ。あの頃、いきなり見知らぬ人間がどっと押し寄せてきて、一気に町が活気づいたの。あちこちに洒落た洋館が立ち並んでね、古くから住んでいるあやかしは、みんな目を白黒させていたわ」

青藍さんは、当時のことを思い出しているのか、くつくつと肩を揺らして笑っている。けれど、笑いが収まった途端にすうと目を細めて、表情を消して言った。

「朔の父親はね、金にがめつくて、見栄っ張りな奴だったの。成金の権化みたいな男。流行りのものには手を出さなければ気が済まない奴が、当時の上流階級がこぞって土地を買っていた鎌倉に、興味を持たないわけないわよね？」

「つまり……？」

「灯台下暗しとはこのことよ。あの子は、鎌倉にいた。七里ヶ浜のサナトリウムに入院させられたのも納得だわ。単純に近いものね。不治の病に罹った息子を放り込むには、最適だもの」

私たちは無言で顔を見合わせると、お互いに頷き合った。鎌倉に住まう人々や、あやかしとは顔なじみも多い。東京と違って、当時のことをかなり深くまで掘り下げられるかもしれない——。

胸のドキドキが止まらない。私たちは、残っていた珈琲を一気に飲み干すと、時間がもったいないとばかりに、鎌倉の町に飛び出したのだった。


朔之介さんが住んでいた別荘の場所については、すぐに調べがついた。猫たちのネットワークというものは、凄まじいものだった。なにせ、その日の晩までに、鎌倉中の情報が集まってしまったのだ。

その結果、長谷《はせ》の辺りに朔之介さんの父親の別荘があったことがわかった。長谷は、鎌倉駅から江ノ電で三駅の場所にある。鎌倉観光の定番中の定番、鎌倉大仏擁する高徳院《こうとくいん》や、長谷観音がある長谷寺《はせでら》など、人気観光地が集まっており、平日であっても観光客でごった返している町だ。

長谷には、旧諸戸邸《もろとてい》という明治期に建てられた洋館がある。最近まで、子ども会館として利用されていたのだが、大地震で崩壊するおそれがあるとして、現在は閉館している。その洋館の近くに、朔之介さんの父親も別荘を所有していたらしい。しかし残念なことに、建物自体は取り壊されてしまったのだそうだ。予想はしていたが、突きつけられた事実に落胆していると、そんな私に青藍さんは意味ありげに言った。

「残念がるのはまだ早いわ。実はね、当時から使われている蔵が残っているの」

そして、パチリと片目を瞑ると、フフフと楽しげに笑った。

「今の持ち主は、東京から鎌倉に移住してきた『よそ者』だそうでね、普通なら、前の持ち主の荷物なんて処分してしまうでしょうけど、蔵の中身を確認していないらしいの。なにせ、その蔵は『いわくつき』でね、夜になると中から変な声が聞こえてくるんですって」

「な、なんですか。その唐突なホラー感！　私、そういうのはちょっと……」

「あやかしだらけの町に住んでおいて、なによ今さら」

「そういう問題じゃありません！」

鳥肌が立ってしまった腕を、必死に手で摩る。古びた蔵から漏れ聞こえる、恐ろしい声――。そんなものが夜な夜な聞こえてくる場所に住むだなんて、正気の沙汰とは思えない。

すると、青藍さんは「これは喜ばしいことなのよ？」と嬉しそうに言った。

「蔵は古いものを収めておく場所だわ。古いものにはいろんなものが宿るのよ。付喪神やらなんやら――変な声だろうがなんだっていいわ。もしかしたら、蔵の中に当時のことを知る『誰か』がいるかもしれないじゃない！」

――蔵の中にいる誰か。それが本当にいるかどうかを調べるため、私たちは長谷へとやってきていた。朔之介さんがかつて暮らしていた場所は、駅からそれほど遠くない場所にあった。小洒落た家々が立ち並ぶ中に、ちらほらと歴史を感じさせる作りの家が混じる、なんとも鎌倉らしい風景が広がる住宅地。そこに、一軒だけ高い塀で囲まれた家がある。塀の向こうには、白壁の土蔵が見えた。周りには、同じような土蔵は見当たらないので、それは町並みの中で異様な存在感を放っていた。

「そういえば、鎌倉で土蔵ってあまり見かけませんね？」

「そりゃそうよ。別荘地として栄えた当時の流行りは、洋館だったのよ。洋風の建物に土蔵は合わないもの。でも、朔の父親は美術品の蒐集癖があってね。多くなりすぎたコレクションを入れるために、土蔵を作ったんですって」

「話を聞いていると、本当に成金ここに極まれりって感じの人ですね」

「そりゃあね。愛人を本妻と一緒に、自宅に住まわせるような男だもの」

「……わー……」

若干辟易しながらも、壁越しに見える蔵を、もう一度見上げる。建てられた当時は輝くほどだったであろう白壁は、所々黒ずみ、細かいヒビが入ってしまっている。それは土蔵が長い時間ここに存在し続けた証明であり、現代にはない「強さ」が感じられた。なにせ、この蔵は関東大震災も、戦後の激動の時代も越えてきたのだ。私なんかには想像できないほど、多くの情報が蓄積されているのだろう。

するとその時、私の背後から聞き慣れた声がした。

「ま、成金でどうしようもない父親ではあったが、皮肉にもその行いのせいで、こうやって土蔵が残っているのだからな。少しは感謝してやってもいいかもしれぬ」

「ちげぇねえや。駄目親父も、たまには役に立つな。ワハハハハ！」

「いや、待って。そもそも、その父親の行いが悪かったから、朔之介さんは鬼になったんだよね⁉」

そこにいたのは、カフェの常連客たちだ。彼らは、店でするように調子よく会話を交わしている。どうして彼らがここにいるのだろう。いつもならカフェで駄弁っている時間なのにと不思議に思っていると、私の疑問に青藍さんが答えてくれた。

「アタシたちは、『仲間』よ。なら、全員で事態に対処するべきだと思わない？」

「それはありがたいですけど……」

ちなみに、今日、カフェは普通に営業している。朔之介さんが、ひとりで店を回しているはずなのだが――。

「ひとりも常連さんがこないから、不思議に思っているでしょうね……」

「大丈夫よ。大首に思いっきり我儘してもいいわよって、言いつけて置いたから。それどころじゃないわよ」

「うわあ」

例のパンケーキ騒動の時の彼女が、青藍さんの命令で暴れているらしい。それって、結構大変じゃないだろうか。私は、朔之介さんの無事を祈りつつ、わざわざ長谷までできてくれた常連さんたちに頭を下げた。

「私の我儘に巻き込んでしまって、すみません」

するると、落ち武者の与一さん、化け狸の源五郎さん、骸骨の田中さんは顔を見合わせると、照れ臭そうに笑った。

「頭を下げる必要はない。我らは『仲間』なのだろう？」

「そうだそうだ。ただの客と店員じゃねえ。俺らにも、なにかさせてくれよ」

「遠慮しないで！　僕らにしかできないことだってあるだろうしね！」

与一さんは、任せておけと威勢よく自分の胸を叩いた。すると、眼窩からぽろりと目玉が飛び出してしまい、「おっと」と慌てて仕舞い込んだ。それを見て、大笑いした源五郎さんは、前に突き出たお腹をポポンと叩く。更には、田中さんが笑うと、カタカタと骨が鳴る音が辺りに響いていった。

「じゃあ、遠慮なく。どうぞ、よろしくお願いします！」

私が改めて頭を下げると、彼らは「おう！」と景気の良い返事をくれた。

初めて会った時は、卒倒しそうになるくらいに怖かったあやかしたち。でも、今はもう、ちっとも怖くない。むしろ、彼らのことが好ましく思えるくらいだ。人間の認識って変わるものだなあと思っていると、なにやら揉めている声が聞こえてきた。

「ほら、アンタも。早く行きなさいよ」

「でも、でもさあ……」

声がした方に視線を向けると、そこには青藍さんと――ぽっちゃり太った、三毛猫の姿があった。

「サブロー。きてくれたの！」

嬉しくなって、サブローを抱き上げる。すると彼は、複雑そうに視線をあちこち彷徨わせると――私の鼻に、自分のそれをくっつけてきた。

「詩織姉さんを守るのは、オイラの役目だろ？　だからさ……」

サブローとしては、なにか思うところがあるのだろう。なんとも歯切れが悪く、彼らしくない。私は、その柔らかく、温かな体をギュッと抱きしめた。

「ありがとう。サブローがいると心強いよ」

「……！」

すると、サブローは三本の尻尾をぴん、と伸ばすと、鼻をピクピク動かした。そして、調子よく言った。

「あったりまえさ！　なにせ、オイラは青藍姐さんから、詩織姉さんを守るお役目を任されたんだからね。へへ、大船に乗ったつもりでいておくれよ。危険なことは、オイラが全部排除してやる！」

「うん。よろしく」

なんだか上手く行きそうな予感に、胸が高鳴る。けれども、一抹の不安もあった。

他人の敷地内にある土蔵に、どうやって行くのだろう。家主に頼み込んだりするのだろうか……？

「やあやあ、どうやらみんな揃ったようだね」

するとそこに、やたら気障な声が聞こえてきた。やっときたかと、声のした方を振り返る。すると、その人の恰好を目にした瞬間、思考が停止してしまった。

「――さて。では、行こうじゃないか！　一同、僕についてきたまえ！」

そこにいたのは、もちろん豆腐小僧。けれども、いつもの彼とは様子が違った。髪をポマードで撫で付けてオールバックにし、普段よりも地味な銀縁眼鏡、手にはビジネスバッグを持っている。糊のパリッときいたシャツに、ストライプのスーツ。合わせたのは、薄桃色のやや派手なネクタイ。

そこには、ピシッと決めた、営業マン風イケメンが立っていたのだ――。

「奥様、よくお似合いですよ」

「あら、そう？　フフフ、どうしようかしら。買っちゃおうかしら」

かつて朔之介さんが住んでいた別荘の跡地に建てられた家は、戦後にできたものだった。如何にも、昭和の家という佇まいのその家には、東京からきた中年夫婦が住んでいる。住民の女性は、チャイムを鳴らした時はぶっきらぼうな対応だったにも拘らず、インターフォンのカメラを豆腐小僧が覗いた途端、態度が急変した。

いそいそと玄関先に現れた女性は、営業マンを装った豆腐小僧たちと、長々と話し込んでいる。私たちは、その様子を物陰から見守っていた。

「ああ、源五郎くん。駄目だ駄目だ、奥様の白魚のような手には、もっと色のはっきりした石が似合う」

「確かにそうですね。こちらも試着してみましょう。――失礼」

「きゃっ。ウフフフフ、男の人に指輪を嵌められたの、何年ぶりかしらぁ」

女性は、頬を薔薇色に染めると、今にも昇天しそうなほどに表情を蕩けさせている。彼女に相対しているのは、営業マン風の豆腐小僧――それと、童顔の営業マンに「変化」した、化け狸の源五郎さんだ。

「ああ、やっぱりこっちのが素敵です。僕、うっとりしてしまいます」

普段のがさつな口調はどこへやら、女性をお姫様扱いしている源五郎さん。彼もなかなかの美形だ。アイドルグループにでもいそうな、優しげな風貌に柔らかい物腰。如何にもやり手、といった見た目の豆腐小僧に比べると儚げなところがあって、母性を擽るような甘さがある。そんな彼に、対抗心を燃やしている風の豆腐小僧は、その場に跪き、女性の反対側の手を取って、上目遣いで見つめている。

「確かに、源五郎くんの言う通りだね。でも――僕はね、どんなに美しい石であっても、この人を飾り立てるには少々物足りなく感じてしまうんだ。だって、あなたは眩しいくらいに輝いているんですから」

ドロドロに煮詰めた砂糖に、更に蜂蜜と人工甘味料を加えたような台詞を吐き、豆腐小僧は、にっこりと笑みを浮かべている。その手はゆっくりと女性の手を撫で摩り、瞳は熟しすぎた果実のように蕩けて、胸焼けしそうなほどの熱視線を女性に向けている――。

「ぐふっ」

「お、奥様⁉　奥様――‼」

とうとう昇天してしまった女性は、潰れた蛙のような声を上げて意識を失ってしまった。ふたりは、慌てた様子で女性に駆け寄ると、心配そうに声をかけてやっている。……源五郎さんのお尻から生えている尻尾が、ぴゅんぴゅんご機嫌な様子で揺れているから、演技なのだろうけれど。

「やりすぎな感はあるけれど……まあいいわ。さあ、みんな。家の裏に回るわよ」

今まで、無言で彼らの様子を見守っていた青藍さんは、おもむろに移動を始めた。私は彼の後に続きながら、混乱するままに尋ねた。

「あの……あれは一体なんだったんです？」

すると、青藍さんはなんとも複雑そうな表情を浮かべて言った。

「別に、豆腐小僧がここの家主を足止めしてくれるって言うから任せただけよ。あの女性が、週末ごとに**そういう**店に通っているって情報は伝えたけどね？」

「ホスト……ですか」

「まさか、ああいう手段に出るとは思わなかったわ……」

ちなみに、女性が試着していた宝石類は、源五郎さんがそこらへんの葉っぱで作った偽物だ。源五郎さんが離れ過ぎると術が解けてしまうというので、彼も参戦することにしたらしいけれど、あそこまでやる必要はあったのだろうか。あやかしに「化かされている」人間を見るというのは、なんとも複雑な気分だ。

歩きながら、ちらりと後ろを見ると、豆腐小僧と目が合った。彼はパチリと片目を瞑ると、人差し指を形の良い唇に当てた。その、まるで俳優のような仕草に、普通の女性ならばキュンとするのだろうけれど。

どうにも小僧姿が脳裏から離れない私は、必死に笑いを堪えつつも、彼に手を振ってから青藍さんの後を追ったのだった。


「ここが、例の蔵ですね」

庭を通って家の裏手に回ると、庭の奥に白壁の土蔵が鎮座しているのが見えた。改めて見ると、土蔵の存在感に気圧されそうになる。ここに、当時のことを知っている「誰か」がいるのかもしれないと思うと、緊張で手に汗が滲んできた。

土蔵に近づき、そっと耳を澄ましてみる。けれども、まだ明るいからか、噂で聞いた「変な声」というのは聞こえてこなかった。

「さて、どうしようかしら」

青藍さんは、ふむと腕を組むと、難しそうな顔をして入口を見つめている。観音開きの扉には錆びついた鉄の錠がかかっていて、簡単には開きそうにない。

「ふむ。ここは拙者の出番であるな」

そこで前に出てきたのは、落ち武者の与一さんだ。彼は腰に佩《は》いていた刀をすらりと抜くと、真正面に構えた。日差しが刃に反射して、ぎらぎらと強い光を辺りに放っている。半眼になった与一さんは、じっと錠を見つめた。そして——意外なほどにゆっくりと動き出した。

「——ふっ！」

鋭く息を吐き出すと、一度だけ剣を振るう。すると、一瞬遅れて、きん、と甲高い音が聞こえた。

……ごとり。

鈍い音を立てて、鉄の錠前が地面に落ちると、みんなの間から歓声が上がった。

「すごい！　流石、鎌倉武士！　与一さんってば、てっきり弓の方が得意なのかと思ってました！」

「ハハハ。正直、弓は苦手なのだ。那須与一《なすのよいち》のせいで誤解されがちなのだが、刀の扱い以外は自信がない」

「謙遜することありませんよ。金属を斬るだなんて、よっぽど腕がないと——」

「誰かいるのか？」

「……っ！」

与一さんの活躍に大はしゃぎしていると、家の方から見知らぬ男性の声が聞こえ、慌てて口をつぐむ。

「……しっ。まずいわね、旦那がいたのね」

どうも、女性の夫に気づかれてしまったらしい。庭に面したガラス戸が開く音がしたので、慌てて死角へと逃げ込む。

「ど、どうしましょう？」

「参ったわね。そんなに広い庭じゃないのに」

辺りを見回しても、そうそう隠れるところはなさそうだ。玄関の方へと戻ったとしても、女性と鉢合わせてしまうかもしれない。あやかしたちは姿を消せるが、人間である私はそうもいかない。万事休すだ。

するとその時、田中さんと与一さんが動き出した。

「ここは僕らに任せておいてよ」

田中さんは、自信満々の様子で両手を合わせると、ポキポキと景気よく骨を鳴らしている。正直、指の骨が外れそうなのでやめて欲しい。

「我らが殿《しんがり》を務めよう。ふたりは先に行ってくれ」

そして、与一さんは抜身の刀をぎらりと目の高さまで掲げると、元々血で濡れている口元を歪めた。

「あの、手荒なことはしませんよね……？」

こんなことで、人死にが出るなんて後味が悪過ぎる。すると、彼らは顔を見合わせて笑った。

「当たり前だ。我らはあやかしではあるが、人と同じ世に生きるもの。最低限のルールは守る。なにかやらかして、祓い屋に追われる身になったら堪らぬ」

「今、不法侵入の真っ最中だけどね～」

「言うな、田中殿。蔵の中身を確かめるだけなのだ。お天道さまに顔向けできぬようなことはしていない！」

「ま、いいけどさー。朔之介さんの美味しい珈琲を飲むためだからね」

そう言って、ふたりは私たちに背を向けた。甲冑を着た落ち武者と、なんとも風通しのよさそうな骸骨の背中が遠ざかっていく。その頼もしさと言ったら！　私は泣きそうになるのを我慢しつつ、彼らに「気をつけて」と声をかけた。

「じゃあ、開けるわよ」

「はい‼」

青藍さんと頷き合って、土蔵の扉に手をかける。男性のけたたましい悲鳴が背後から聞こえたけれど、それは気にしないことにして、取っ手を手前に引いた。

――耳に飛び込んできたのは、蝶番《ちょうつがい》の軋む音。鼻をついたのは黴《かび》と埃の臭い。目の前に広がったのは、濃縮された闇の色。目を凝らして中を覗き込めば、埃を被った木箱がポッポッと置かれているのが見える。流石に、朔之介さんの父親が蒐集していたというコレクションは残っていないらしい。ここにあるのは、存在を忘れられたガラクタばかりだ。

「サブロー、詩織ちゃんの肩に乗ってなさい」

「うん、わかった」

青藍さんに言われて、軽やかにサブローが私の肩に飛び乗ってくる。少し重くはあるけれど、自分のものでない体温がすぐ傍にあるというのは、なんとも心強い。

「誰か、いますか……？」

恐る恐る声をかける。けれども、中からは反応はなく、灯り取りの小窓から差し込む光が、宙を彷徨っている埃を照らしているだけだ。

青藍さんと視線を交わし、思い切って一歩踏み出す。外は少し汗ばむくらいだというのに、蔵の中はいやにひんやりしている。

注意深く足を進める。小さな音すら聞き漏らすまいと耳をそばだてて、恐怖で足が竦みそうになるのを必死に堪えながら。ここでなにも見つからなければ、すべてがふりだしに戻るのだ。なにかしら手がかりを見つけなければ――。なのに、靴が鳴る音と、自分の呼吸音が聞こえてくるばかりで、若干の焦りを感じていた。

するとその時、サブローがピクリと頭をもたげた。

「姉さん、待って」

「……え?」

サブローの警戒するような声が聞こえた瞬間、私は足を止めた。息を止めた。思考を止めた。何故ならば、するりとなにかが頬を撫でたからだ。なにかが私の腕に絡みついてきたからだ。サブローではない、なにかの吐息がすぐ傍で聞こえたからだ。それは、恐ろしいほどに冷え切り、恐ろしいほどに乾燥していて、恐ろしいほどに人間味が薄かった。

それは、蚊の泣くような小さな声で、ブツブツとなにかを呟いていたのだ。

「……どう……なの」

「ひっ‼」

「なんだ、お前!」

サブローが、なにかに向かって飛びかかって行く。すると、私の腕に絡みついていたものが離れて行った。

「詩織ちゃん、戻って!」

「は、はい!」

青藍さんの指示に従って、入口に駆け戻る。外の明るさにホッとしつつも、その場で振り返ると、濃い闇の向こうに目を凝らした。

——薄明かりが差し込む、土蔵の闇の中。そこには、ぽっかりと眼窩が空いた、枯れ木のような女性がひとり。ゆらゆらと揺れながら、サブローと対峙していたのだ。

「ありがとうございましたー」

鎌倉の町が茜色に染まる頃。お茶を飲むには夕食時に近すぎ、けれども夕食を食べるには少々早い時間帯。そんな時、ぱったりと客足が途絶える瞬間がある。普段ならば、夜の営業に向けて一息入れるところだ。けれども、今日ばかりは事情が違った。

最後の客が店を出て行ったのを見送ると、私と青藍さんは視線を交わし合った。手早く臨時休業の札をかけて、門から暖簾を下げる。そんな私たちを、朔之介さんは驚いたように見つめている。

「あれ？　どうしたんだい？　まだ閉店の時間じゃ――」

困惑している朔之介さんに、青藍さんは「まあまあ」と調子よく声をかけると、カウンターに押し戻した。

「今日は、特別なお客様がいらっしゃるから、店を閉めるのよ。ＶＩＰってやつね。もうすぐ到着するわ。お客様は美味しい珈琲をご所望なの。淹れてくれる？」

「そんな、僕の珈琲なんか……」

青藍さんの言葉を聞いた途端、朔之介さんは表情を曇らせた。どうも、あの観光客の言葉が尾を引いているらしい。青藍さんはやれやれと肩を竦めると、ポンと彼の肩を叩いた。

「『なんか』なんて言ったら、朔の珈琲の味に惚れ込んで、長年店に通ってくれている常連客たちに失礼よ。自信持って」

「……うん」

朔之介さんは僅かに瞳を揺らすと、青藍さんに「ありがとう」とお礼を言って、珈琲を淹れる準備を始めた。

タイミングを見計らって、私は「あるもの」を手に、そろりそろりと店内の隅へと移動し始めた。そして、手頃なテーブルの上に、それを置いた。すると、なんとも間の悪いことに、珈琲を淹れる準備を進めていた朔之介さんが、こちらに振り返り……ばっちり、視線が合ってしまった。

──ああ！　秘密のミッションは失敗だ。

「──橘さん？」

「は、はいっ⁉」

「それは、なに？」

私は乾いた笑いを零すと、テーブルの上に置いたそれに、視線を落とした。私が持ってきたのは、古びた木箱だ。元々は、保存食でも入れてあったのだろう、かすかに赤いラベルが残っている。けれども、中身はまったく違うものだ。

「これが、今日のＶＩＰです」

「──は？」

驚いている朔之介さんを余所に、木箱を指先でコツンと叩く。眠っている人を優しく揺り起こすように、コツン。また、コツン。すると、ゆらりと木箱の中から黒い「影」が漏れ出してきた。

「古い蔵の中にずっとお住まいだったそうで、久しぶりに外に出たんだそうですよ」

その影は、なんとも不思議な動きをしていた。陽の当たる当たらないに関わらず、まるで雲霞《うんか》のごとく、ゆらりゆらゆらと宙に揺蕩《たゆた》っている。じっと影を見つめていると、時折、形が定まる瞬間がある。それはつい最近、私が恐怖と共に目にしたのと同じものだ。

「……あ……う……」

箱の中から現れたのは、あの土蔵の中にいた女性だった。乱れたままの長い黒髪、ぽっかりと空いた眼窩の奥には瞳は見えず、黒々と闇が詰まっている。乾燥しきった肌は土気色をして、纏っている着物の柄は色あせていて、今となってはなにが染められていたのかわからない。

「さあさ、こちらへ」

手が震えそうになるのを必死に堪えながら、私は彼女の腰に手を添えると、ちょうど朔之介さんの真正面にあたる席に誘導した。

「……。…………」

相変わらず、女性は蚊の鳴くような声でなにかをブツブツと呟いている。

酷くゆっくりとした挙動の女性をカウンター席に座らせて、ちらりと朔之介さんの様子を窺う。珈琲を淹れる手を止めて、私たちの様子を食い入るような目で見ていた彼は、視線がかち合うと、はっとして慌てて動き出した。一度、声をかけて置こうかとも思ったけれど、やめておいた。今日のこれは、他人が口に出すべきではない。私は、いつも通りに接客することに決めた。

「今、お冷やとおしぼりを持ってきますね」

「……う、ああ」

「冷房、寒かったら言ってくださいね。どうぞ、ごゆっくり」

そう言って、彼女の傍から離れる。女性は、ゆらゆらと頭を揺らすばかりで、私の言葉が伝わったのかどうかはわからない。

戸惑いの表情を浮かべていた朔之介さんは、私が離れるといつものように動き出した。どうやら、私のように普通の客と同じ様に対応することに決めたらしい。

私は、青藍さんの隣に移動すると、ふたりを見守ることにした。

少々、変わった客相手ではあるが、朔之介さんの珈琲を淹れる手付きに乱れはなかった。やがて、豆にお湯が注がれると、辺りには、香ばしいなんともいい香りが立ち込め始める。慎重にお湯を注ぐ朔之介さんの表情はどこまでも真剣で、珈琲の香りと共に、店内に彼の世界が広がっていく。その姿を、女性は呟くのをやめて、じっと見つめていた。

——ぽたん。

旨味と香りが凝縮された一滴が落ちる。やがて、ぽたぽたとリズミカルに滴り始めたそれは、小さな波紋を作りながら徐々に深度を増していく。

「――久しぶりに召し上がるのだと聞きました」

　すると、朔之介さんが女性に静かな口調で語りかけた。女性は途端にピクリと体を震わせて、少し怯えたような仕草を見せる。それを確認すると、朔之介さんは安心させるように柔らかな笑みを浮かべた。そして、とあるカップを手にした。

「今日のあなたの一杯が特別なものになるように、カップもとっておきのものを使いましょう。オールドノリタケ、というものをご存知ですか。日本陶器合名会社が、明治期から戦前までに欧米に向けて輸出したものを指します。これは――この店のオーナーが、オープンの時に、わざわざ買ってきてくれたものです。当時はこの他に何客かあったのですが、今はもうこれしか残っていません」

　朔之介さんが手にしたカップは、なんとも華やかなものだった。金で縁取りされ、アール・デコ風の絵付けがされている。何重にも花びらが重なった桃色の薔薇、それに彩りを添えるように寄り添う、色とりどりの小花。繊細でいて、けれども大胆に配色された儚げな花たちは、白地の陶器上で咲き誇っている。それはなんともレトロな雰囲気を持つカップ。揃いの絵付けがされたソーサーと合わさると、途端に朔之介さんの手元が華やかになった。

「明治期は、陶器の輸出が盛んでした。逆に言えば、外に出すばかりで、その陶器が日本で流通することはあまりありませんでした。そう考えると、これはとても貴重なものだと思います。そんなものをわざわざ買ってきてくれたのは、このカップが僕の生まれ年に作られたものだから、だそうです」

思わず、ちらりと隣の青藍さんを見る。「奮発しましたね？」と小声で囁くと、彼は恥ずかしそうに頬を染めて、顔を逸らしてしまった。

私が声を殺して笑っている間にも、朔之介さんの動きは止まらない。用意した特別なカップに、丁寧に淹れた珈琲を注ぐ。花に彩られた華やかなそれに、ゆらり、夜色の液体が満たされた。

「このカップは、僕と同じだけの時を刻んできました。そして僕は、この店で数えきれないほどの珈琲を淹れてきたのです。今日淹れた一杯が、その歴史に見合う味であればよいのですが」

――女性の前に置かれたカップからは、ふわりと柔らかな湯気が立ち上っている。

「どうぞ。――ごゆっくり」

朔之介さんはそういうと、不安そうに眉を下げた。味が落ちたと言われている自分の珈琲の味に、自信を持てないのだろう。正直、私もそれが気がかりではあった。

緊張のあまり、手にじっとりと汗をかいている。それは青藍さんもそうで、彼は固唾を飲んでじっと見つめている。

「……あ」

私たちが見守る中、女性はおもむろにカップに手を伸ばした。爪先が取手に触れて、カツンと小さな音を立てる。その人は、一瞬、手の動きを止めると、意を決したようにカップを握り込んだ。そして、香りを楽しむように鼻先に持っていくと、ゆっくりと——口をつけた。

——こくり。

女性の喉元が動くのが見える。すると、彼女はひとくち飲んだだけで、すぐにカップを下ろしてしまった。なにか反応があるかと期待したけれど、そのまま微動だにしない。朔之介さんは、女性が珈琲を飲んだのを確認すると、いつも通りに後片付けを始めた。

（駄目、だったのかな）

期待していたような反応が起きず、青藍さんと顔を見合わせる。ふたりでこっそり落胆していると——事態は急転した。

「——る、の？」

「えっ？」

突然、女性が朔之介さんになにやら語りかけたのだ。

「——てる、の？」

彼女が声を発するたびに、まるで磁石に翻弄される砂鉄のように、自身を形作る影が蠢く。広がったり、薄くなったりと、意味のない形を取りつつも、最終的には女性の形に戻ったりを何度も繰り返している。

「お客様？」

　朔之介さんは、困惑気味にじっと女性の影を見つめている。女性は、上手く言葉が出てこないのか、何度も何度も口の中で言葉を反芻して――ようやく、意味のある言葉を発した。

「元気に、しているの」

「は、い？　ええと、至って健康ですが……」

　すると、言葉が通じたことが嬉しかったのか、女性の影は途端に大きく膨らんで、今度は矢継ぎ早に質問を投げ始めた。

「寂しくない？　友だちはできた？　好き嫌いはしていない――？」

「待って、待ってください。どうして、僕にそんなことを？」

　すると、朔之介さんは私たちに向かって助けを求めるような視線を寄越した。けれども、私はドキドキし過ぎてどうにも言葉が出ない。思わず青藍さんに視線を遣ると、すでに涙を滲ませている彼は、朔之介さんに向かって言った。

「朔、お客様の質問に答えてやんなさい」

「え？　でも」

「いいから、お願い」

　あまりにも真剣な表情で青藍さんが頼むものだから、朔之介さんは納得していないものの、答えることにしたようだ。次々と出される質問に、丁寧に答えていった。

「毎日、眠れている？」

「はい、普通に眠れています」

「辛いことはないかしら」

「そういうこともありますが、概ね大丈夫です」

ふたりの応酬はしばらく続いた。女性の質問は途切れることはなく、朔之介さんは嫌な顔ひとつせずに答えている。彼女は、回答をひとつ貰えるたびに、嬉しそうに体を震わせ、形を変える。それが、体全体で喜びを表しているようで、とても可愛らしく思えた。

けれども、その応酬もある質問が出た時に止まってしまった。

その質問を聞いた途端に、朔之介さんが固まってしまったのだ。

「今日も、たくさんご本を読んでいるのかしら」

「――……え」

朔之介さんは、パチパチと目を瞬くと、勢いよくこちらを見た。なにも言わずに、彼の視線を受け止める。すると、朔之介さんは顔をくしゃりと歪め、泣きそうな顔になって言った。

「ああ、そうか。そういうことか。最近、やけに出かけていると思ったら」

そして、彼らしくない乱暴な仕草で自身の前髪をかきあげると、苦い笑みを浮かべて言った。

「実のところ、鬼になってからはとんと本を読んでなかったんだ。鬼になってしまった自分を嘆くのに精一杯で、自分を置いていった両親が恨めしくて、自分の中の黒い感情を抑え込むことでいっぱいいっぱいで。だから、僕が本をたくさん読んでいたことを知っている人は——そう、多くない」

朔之介さんはカウンターから出てくると、女性の傍に立った。そして、その場で跪き、彼女の手を取って言った。

「これからは、またあの頃のように本を読もうと思っているよ」

すると、女性はふるりと身を震わせ、また質問を重ねた。

「もう、病気はよくなった？」

「よくなったよ。ほら、見てよ。顔色もいいだろ？　咳も出てないし、すっかり丈夫になった」

「楽しく過ごせているかしら」

「楽しいよ。今は、辛いことの方が少ないんだ」

朔之介さんは、女性の手をゆっくりと撫でてやっている。優しく、優しく、女性の乾ききった土気色の手を、愛おしそうに何度も何度も——。

すると突然、女性の質問が途切れた。しん、と静まり返った店内に、遠くで鳴いている鴉の声だけがかすかに聞こえてくる。朔之介さんは、じっとその場から動かずに女性の次の言葉を待っている。その瞳は、窓から差し込む夕日を映し取り、キラキラと輝いていた。

——それはまるで、大好きな母親の言葉を待っている、小さな子どものようで。

女性は、そんな朔之介さんをじっと見ていたかと思うと、おもむろに口を開いた。

「……………今、幸せ？」

するとと朔之介さんは、女性が放った問いに大きく頷くと、嬉しそうに答えた。

「こんなにも僕のことを心配してくれて、僕のために自分の時間を使ってくれて、僕のために奔走してくれる仲間がいるから——すごく、すごく幸せだよ」

そして、朔之介さんは座っている女性のお腹に抱きつくと、掠れた声で言った。

「だから、安心してよ。大丈夫だよ、もう心配しないで。——おかあさん」

すると、女性の様子が一変した。伽藍堂《がらんどう》になってしまった、闇ばかりが詰まった瞳を大きく見開き、一瞬、天を仰ぐ。そ・し・て、自分に抱きついている朔之介さんの頭に手を伸ばそうとして——そのまま、弾・け・た。

「えっ……？」

人形が失われ、ただの無数の闇の粒になった女性は、まるで時間が巻き戻ったように、木の箱へと戻っていく。

「おかあさん！」

朔之介さんが、影を追うように木の箱に駆け寄った、その時だ。

――ぱあん、と炸裂音がして、木の箱の蓋が弾けた。そして、中に入っていたものが辺りに撒き散らされたのだ。

中から現れたのは、千代紙で折られた花だった。極彩色で彩られ、様々な文様が刻まれたそれは、まるで花火のように辺り一面に飛び散った。はらはら、ゆらゆらと宙を舞う紙の花。それは、薔薇を模しているようだった。

なんとなく、ひとつ拾ってみる。長いこと蔵にあったからか、所々茶色く変色してしまっている。けれど、ひとつひとつがとても丁寧に折られていて、少しのズレも見つけられない。それはこの花が、丹念に心を込めて折られたことの証明だった。

「朔、見て」

すると、魂が抜けてしまったかのように呆然としている朔之介さんのもとに、青藍さんが寄って行った。そして、いきなり手に持った花の折り紙を解いた。

「えっ、青藍さん⁉　なにを――」

慌てて、彼のもとへと駆け寄る。折り紙を解くだなんて、なんてことをするのだと抗議しようとして――やめた。何故ならば、折られた花の中にあるものを見てしまったからだ。

「優しい、お母様だったのね」

青藍さんがそう言うと、朔之介さんはこくりと頷いた。何度も、何度も。次から次へと溢れ出てくる涙を拭いながら、その事実を噛みしめるように頷いた。

『朔之介が健やかでありますように』

『朔之介に友だちができますように』

『朔之介に会えますように』

『朔之介が幸せでありますように』

それは、心からの願い。祈り。伝えたかった想い。

朔之介さんは折り紙を胸に抱くと、天を仰いで――。

「おかあさんっ……‼」

絞り出すように、叫んだのだった。

折り紙に込められた母の「愛」。それは今ようやく、ここで花開いたのだ。

『ごちそうさま。私、こんなに美味しい珈琲、初めてよ……』

朔之介さんの嗚咽が響く店内。彼にかわって折り紙を拾っていると、ふと、そんな優しい声が聞こえたような気がした。


その日の夜。閉店したカフェで、私と青藍さんは、ふたりで日本酒を酌み交わしていた。なんとなく興奮して眠れないのもあったけれど、どうにも理解できないことが多かったので、情報を整理したかったのだ。

「あの木箱に詰められた折り紙なんですけど、どうしてそれが、土蔵に入れられていたんでしょうか」

「正妻の息がかかっていたという使用人が、意地悪をしようとしたんじゃないかしら。年端もいかない子どもに、冷たい態度を取れるような人間だもの。ありえるわ」

「そう、ですよね。そうとしか、考えられませんよね……」

深く嘆息して、お猪口になみなみと継がれた日本酒に口をつける。青藍さんオススメの辛口のお酒。以前味わったことがあるお酒だが、すっきりして飲みやすいはずなのに、今日ばかりはほろ苦く感じる。

「だとしたら、すごく罪深いですね。その行為が、人が鬼になってしまうほどの孤独を与えたんですから。本人は、その意味を理解していなかったでしょうけど」

思わず、顔を顰めてお猪口を置く。どうも、今日は美味しくお酒を飲めそうにない。すると、青藍さんはぐいとお酒を飲み干すと、忌々しげに言った。

「その場にアタシがいたら、切り裂いてやるのに。本当に腹立たしいわ」

「まったくです」

「……あら、アンタも言うわね」

この後、しばらくふたりで当時のことに妄想を巡らせた。それを妄想だと思うのは、一世紀以上も経った今、真実は誰にもわからないからだ。当時を直接知らない私たちにとって、いくら知り得た情報を元に、事実らしきものを創り出してみても、それは想像の域を出ない。

はっきり言って、意味のないことだとは思う。けれども、愚痴らずにはいられなかった。それだけ、ふたりとも憤っていたのだ。

そして、もうひとつ疑問があった。

――あれは、朔之介さんの母親だったのか、ということだ。

そのことを尋ねると、青藍さんはゆっくりと首を振った。

「違うと思うわ」

「え、そうなんですか？　私、てっきり……」

「あれは、念の塊みたいなもので、本人じゃないと思う。生きている人間が基になったあやかしにしては、存在が希薄過ぎるもの」

青藍さんによると、あれは、朔之介さんを想う母親の情念が変化したものではないか、とのことだった。息子に届けたかった……そして、届かなかった想いは、長い時を経て力を得た。そして、現世に「息子の安否」をひたすら確認するだけのあやかしとして、存在を持つに至ったのだ。

『ごちそうさま。私、こんなに美味しい珈琲、初めてよ……』

その時、ふと、最後に聞こえた声が脳裏に蘇ってきた。あの影が、遺された情念があやかしになったもので、本人ではなかったのだとしたら、あの声は一体なんだったのだろう。もしも、あの数々の問いへの答えが、本当に朔之介さんの母親に届いていたのなら――素敵だろうな、とは思う。

私は、滲んできた涙をこっそり拭うと、もう一度、日本酒を口にした。

（……母親の想いが朔之介さんに届いていたら、そもそも彼はここにいなかった。私たちが出会うことはなかった）

朔之介さんと出会えたことは、嬉しく思う。けれども、彼を傷つけた存在を憎くも思うし、悲しい別れを可哀想だとも思う。

（……苦い）

やっぱり、飲む気にはなれずに、お猪口を置く。すると、じっとお猪口の中を見つめていた青藍さんが、ぽつん、と言った。

「念があやかしになるなんて、滅多にあるもんじゃないのよ。本当に……母親の愛情って強いものね。本物の母親には絶対に勝てない。今回のことで思い知ったわ」

そう語った青藍さんは、やけに寂しそうで――辛そうだった。

朔之介さんを自分の子どもだと思っている。彼の母親でありたい――そう、言っていた青藍さん。彼にとって、今回のことは心中複雑らしい。そんな青藍さんに、私は素直に思っていたことを告げた。

「青藍さんだって、立派なお母さんだと思いますよ？」

「……っ！」

すると青藍さんは、全身を真っ赤に染めて、素っ頓狂な声を上げた。

「な、なななにを言ってるのよ⁉」

「朔之介さんだって、わかってますよ。自信を持ってください。あちらが鬼になる前のお母さん、青藍さんが鬼になってからのお母さん。私は、それでいいと思います」

「あっ……なっ……‼」

「母親の想いって、子どもにはなかなか伝わらないものですよね……」

青藍さんはわなわなと唇を震わせると、「なにを言っているのよ、馬鹿！」と照れ隠しに大声を出して、ドスドスと乱暴な足取りで店を出て行ってしまった。

青藍さんの後ろ姿を笑いながら見送った私は、手もとに視線を落とす。そして、飲み残した苦い酒を、ぼんやりと眺めていた。


あれから数日。今日も、いつも通りにカフェは営業している。

梅雨はまだ明けていないものの、鎌倉を包む空気の熱量は日に日に増し、冷たいものを求めて、もしくは暑さに耐えかねて、開店直後からどんどん客がやってくる。

「はい、ブレンド上がったよ」

「はーい！　源五郎さん、お待たせしました！」

「おお、ありがとよ！」

いつものように常連客たちに飲み物を運んで、帰っていった客が残した食器を下げる。入り待ちの観光客が、私に呼ばれるのを今か今かと待っている。急がなければと、テーブルを綺麗に拭き上げて、客を呼ぼうと口を開いたところで──。

「うおっ⁉」

源五郎さんの上げた素っ頓狂な声に、思わず舌を噛みそうになってしまった。

「び、びっくりした～。どうしたんですか?」

「おいおいおい。マジか。いや、マジか……」

「……?」

怪訝に思いつつも、お客さんが待っているのだったと動き始める。すると、視界に入ってきた常連たちがみんな、驚いたような顔をしているのに気がついて、思わず足を止めた。すると、私の様子に気がついた彼らは、揃ってカップの中を指差し始めた。しかし、どうにも意図が汲み取れずに首を傾げていると――彼らは、口を揃えて言ったのだ。

「「「これこれ、この味!」」」

「えっ……」

驚いて、朔之介さんを見る。すると彼は、はにかみ笑いを浮かべて言った。

「随分と面倒をかけたね。ようやく――思い通りの味が出せるようになったよ」

「……!」

それは、うちのカフェに「いつもの変わらぬ味」が戻ってきた瞬間だった。

エピローグ

夏の鎌倉の朝は、早々に日差しが強くなる。コンクリートに囲まれた都内に比べると幾分ましだが、それでもじわじわと汗を絞り出そうと全身を包み込む熱気は堪らない。麦わら帽子を深く被って、日陰を選びながら進む。家によっては打ち水をしてくれているところもあり、そういう場所を通ると空気がひんやりしていて、非常にありがたい。

「詩織ちゃん、おはよう」

「おはようございます！」

カフェの近所に住む顔見知りのおじさんが、通りがかった私に声をかけてくれた。大きなひとつ目がチャーミングポイントだと常々言っているおじさんは、腕の中にいる白猫を愛おしげに撫でている。すると、その猫が急に口を開いた。

「あれ？　サブローは？」

「あの子、寝坊して起きなかったの」

「ボディーガードの癖に。やれやれだね」

そう、その猫は猫又だったのだ。普段から自分をアイドル猫と言って憚らないその子は、深く嘆息すると私をじっと見つめた。

「とっておきのおやつをくれるなら、今日は僕がボディーガードしてあげようか？」

「アハハ。大丈夫。もう随分、知り合いが増えたもの。間違ってあやかしに襲われることはなくなったと思う」

その子は、ふうんと蒼い瞳を細めると、なにかあったらすぐに言いなよ、とおじさんの腕の中で眠り始めた。その真っ白ふわふわの頭を撫でながら、ふと思い出す。この町にきた当初は、なにからなにまで恐ろしいことばかりだった。

町に出れば、見たくなくともあちこちであやかしの姿を目にすることになる。そのどれもこれもが、普通の人間の感覚からすれば歪なものばかり。

どうして彼らの姿が視えるようになってしまったのかと、夜も眠れなかったことは何度もあるし、視えなければこんなに怖い思いをすることもなかったのにと、自分の置かれた状況を理不尽に思ったこともある。

でも、彼らはそんな私を受け入れてくれた。仲間だと、鎌倉の住民だと認めてくれた。ふと、街角で見知った異形を見つけると、嬉しいとすら思うようになった。今や、この鎌倉の町は私の帰る場所となりつつある。

「じゃあ、行ってきます！」

「おう、気を付けてな。また珈琲飲みに行くから」

「お待ちしてますね！」

軽やかな足取りで町中を進む。目的の場所はレンバイだ。ここ最近、レンバイでは、多くの夏野菜が並ぶようになった。ビタミンカラーの野菜たちがずらりと並ぶ様は、夏がきたのだとしみじみと実感させてくれる。

今日はなにがあるのだろう。色鮮やかな夏野菜たちが、私を待っている。

すると、ちょうど鎌倉駅の辺りを通りがかった時だ。道端にたむろしている観光客が目についた。それだけならば、別段珍しいことではない。気温が上がるにつれ、由比ヶ浜や江ノ島へ海水浴客が大勢押しかけてくる。それの影響もあって、近場である鎌倉も観光客が増えるのだ。けれどもその中に、見知った顔を見つけてしまい、心臓が激しく跳ねた。

その人の身長は、私よりも拳ひとつ分くらい高い程度だった。男性としてはいささか小柄である。けれども、その顔のせいであまり違和感はない。

きちんと整えられた眉に、丸みを帯びた瞳、髪は明るい茶色。鼻はそれほど高くないけれど、笑っているように見える口元も相まって童顔で、やけに愛嬌があるのだ。アロハシャツに水着、ビーチサンダル姿から察するに、どうやらこれから海に向かうようだ。江ノ電の乗り換えついでに、鎌倉に立ち寄ったのだろうか。

しかし、そんなのはどうでもいい。私は、その人を見た瞬間、反射的に歩く方向を変えた。何故ならば、その相手とは絶対に顔を合わせたくなかったからだ。

しかし、神様というものは得てして意地悪なことをする。私が逃げ出そうとした瞬間、ぱっとその男性と目が合ってしまった。

「……あれ？」

どうやら、最初は私のことがわからなかったらしい。けれども、少し考え込むような仕草をした男性は、途端に表情を明るくすると――口元からちらりと八重歯を覗かせて、無邪気な笑みを浮かべた。

「詩織じゃん。久しぶり～。どうしたんだよ、こんなとこで。観光？」

「いや、えっと」

「突然、会社辞めただろ。心配したんだぜ？　……ほら、俺たち完全な他人ってわけじゃないだろ？」

(どの口がそれを言うわけ……⁉)

私は、飛び蹴りをしたくなる衝動を必死に抑えつつ、愛想笑いを浮かべた。

――そう、この男こそ私を捨てたかつての婚約者、田中律夫である。

私と婚約していたのにも拘らず、若い新入社員に手を出し、同棲していた家を着の身着のままで追い出した男である‼

「お、どうした？　知り合い～？」

すると、律夫のやたらチャラそうな友人が声をかけてきた。友人はジロジロと私を無遠慮に眺めると、ニカッとヤニがついた歯を見せて笑った。

「え、可愛い。律夫、やるじゃ～ん」

すると、途端に律夫の表情が明るくなった。得意満面になって、馴れ馴れしく私の肩を抱いてくる。

「だろ？　元カノなんだけどさぁ。前に別れた時より、美人になっててビックリしたわ。見違えたなあ～」

「え、なになに。ヨリ戻すために、綺麗になっちゃった感じ？　戻しちゃう？　元サヤしちゃう？　律夫、今フリーっしょ」

「まあ、そうだけどな。どっしよっかな～」

律夫は、横目でこちらを見ながら、私の毛先を指で弄ってくる。それは、付き合っていた当時にこの男がよくしていた仕草だった。あの頃は密着具合を心地よく思っていたものだけれど、正直、今は嫌悪感しか湧かない。

（……なんなんだコイツは。本当になんなんだ！　確かにコイツと別れた時より体重は落ちたし、肌の調子はいいけれど。それは無駄なストレスから解放されたのと、朔之介さんが作ってくれる野菜中心のヘルシーな食事で生活しているからであって、決してコイツのためなんかではない……！）

——プツン。

どこかで、堪忍袋の尾が切れた音がした。

私は律夫の腕をやや乱暴に払うと、距離を取った。

「そんな気は更々ないよ。たまたま、ここで再会しただけ。触れないで」

「お、ツンツンしちゃって。詩織らしくないなあ」

「うるさい、やめて！」

大声を出して威嚇する。そして、律夫を思い切り睨みつけた。

「アンタなんかとヨリを戻す気は更々ないから。私、仕事中だから行くね」

そして、急いで市場に向かって歩き出した。

後方から、「おい！」なんて私を呼ぶ声がする。けれど振り返るつもりはない。もう、あの男は私とまったく関係のない人間だ。

――やっと辿り着いた市場《レンバイ》は、今日も盛況だった。

いつもお世話になっている農家の人に挨拶する。するとその人は、私を見るなり怪訝そうに眉を顰めた。

「どうした？　泣きそうな顔をして」

「――……っ！」

その日は、どうにも心がざわついて仕方なく、なにもかもが上手くいかなかった。


あれから一週間経った。あの日以来、町を歩くのが怖くなった。何故ならば、行く先々であの男と遭遇したからだ。都内で働いているはずのあの男は、営業先が鎌倉にあるらしく、それにかこつけて私に会いにきていた。まだ、カフェで働いていることはバレていないようだったが、会うたびに馴れ馴れしく接してくるあの男に、私はほとほと弱り切っていた。

「帰って。私は、二度とアンタと付き合うつもりはない！」

隙を見せないように、言葉を慎重に選んで拒絶する。なのに、自分のことしか頭にないあの男は、いつも食らいついてくるのだ。

「忙しい中、わざわざきてやってるんだ、なに言ってんだよ！」

「はあ？　頼んでませんけど？」

「なんだその言い方は‼　謝れよ‼」

「なんで、私が謝らないといけないのよ！」

律夫のモラハラ全開の発言には、うんざりだった。しかも、そのたびに好奇の視線に晒されるので、迷惑この上ない。

――なのに、この男！

私が迷惑していることに気が付かないばかりか、完全拒否しているのにも拘らず、いつもこう言ってくるのだ。

「俺さ……詩織に再会できたこと、運命だと思ってるんだ。ふたりで買ったあのベッドは、ひとりで眠るには広過ぎる。俺たち、また付き合えないかな。詩織と別れて思い知ったんだ。俺には、お前みたいな優しい子が合ってるって」

「もう疲れたよ。サブロー……」

開店前の店内。私は、テーブルの上に寝そべったサブローの体に顔を埋めて、猫成分を補給していた。

「はいはい。猫ネットワークで、あの男が近づかないように監視しているから、カフェにいる限りは大丈夫。安心して」

「サブローはいい子！　優しいし、浮気しないし！」

「そもそも、あの日、オイラが寝坊したから厄介ごとに巻き込まれたんだろ？　これくらい当然さ。馬鹿言ってないで、ほら。薬」

サブローが差し出した風邪薬を、水と一緒に口に含む。うっ、苦い。堪らず、顔を顰めていると、青藍さんが盛大にため息をついた。

「まったく、どうして今まで黙っていたのよ！　もっと早く、アタシたちに相談してくれれば、少なくとも体調を崩すほど思い詰めることはなかったわよね？」

「ご迷惑をおかけするわけには……」

するとそんな私に、朔之介さんは酷く難しそうな顔をして言った。

「迷惑って……。同じ店で働く仲間だろう？　他人行儀なことを言わないでくれよ」

「いえいえ、これは私の個人的な事情ですし。毎回断ってますから、そのうち諦めると思います」

それを聞くと、朔之介さんは益々渋い顔になって言った。

「僕のことだって、とても個人的なことだったと思うんだけどね」

そして私の傍に寄ると、じっと顔を覗き込んできた。

「君のことが心配なんだ。些細なことでも、相談して欲しい」

――ちりん。

朔之介さんの髪飾りの鈴が、涼やかな音を立てる。限りなく薄く、時折金色にも見える薄茶色の瞳。それに、なんと言っても王子様のごとく整った顔が急接近してきたので、思わず顔が熱くなった。

「こ、今度からそうします……」

「……そう？　顔が赤いよ。熱が上がってきたんじゃないかな。今日は寝ているんだよ。後でおかゆ作ってあげるから」

「あ、ありがとうございます……」

正直、病で弱った身には、朔之介さんは刺激が強過ぎる。心臓が止まったらどうしてくれるのだと思っていると、いつも喧しいアイツが上機嫌で店に入ってきた。

「聞いたよ～！　なかなか楽しいことになっているじゃないか！」

「うるさい。黙っててくれませんか。できれば一生」

「ハハハ、会うたびに容赦がなくなっていくね！　癖になりそうだ！」

現れたのは、如何にもこういう話が好きそうな豆腐小僧だった。彼は、ハイテンションのまま私の傍にやってくると、「君も大概大変だねえ！」と背中を叩いた。あまりの痛さに抗議をしようと口を開く。けれども、豆腐小僧がなんとも物騒なことを話し始めたので、咄嗟に言葉を飲み込んだ。

「こういうことは、僕たちに任せてくれたまえ。あやかしの沽券にかけて、非常に愉快な状況にしてあげようじゃないか！」

「愉快……？　なにをするつもりですか？」

「愉快は愉快さ。――あやかし的な意味でね。楽しみにしてくれたまえ～！」

そして、踊るような軽い足取りで店を出て行ってしまった。取り残された私は、ちらりと青藍さんと朔之介さんを見る。このふたりなら、豆腐小僧のことを止めてくれるのではないかと期待したからだ。けれど、ふたりともなにか考え込んでいるようで、どうにも止めてくれそうにない。

（……愉快なことってなんだろう。変なことにならなければいいけど）

私は小さくため息をつくと、このことは一旦忘れることにして、休むために自室に向かったのだった。


また数日経ったある日のこと。その日は、普段よりも鎌倉の町が騒ついているように感じた。観光客も多く、浴衣姿の人が多い。もしかしたら、なにかイベントがあるのかもしれない。ここ最近は、あの男を警戒して町に出ないようにしていたから、情報に疎くなってしまっている。楽しそうな催し物なら、仕事終わりに行く計画が立てられたのに、本当に迷惑な話だ。

ちょっぴり残念に思っていると、嬉しい知らせが舞い込んできた。

「今日の十四時以降は店休にするわ。そのつもりでいて頂戴」

「本当ですか！」

「そのかわり、毎年この時期のランチは混み合うわよ〜。頼んだわね」

「はい！　頑張ります！」

　青藍さんの言う通り、その日のランチは多くの観光客がやってきて大わらわだった。そういえば、嬉しさのあまり、どうして店休にするのか訊いていなかった。理由を尋ねようかとも思ったけれど、次から次へとやってくるお客さんへの対応に追われて、どうにも機会が得られなかった。

「ありがとうございました〜！」

　最後のお客さんを見送って、臨時休業の札をかける。この後は自由だ、もしかしたらイベントに参加できるかもと、若干ウキウキしながら門に向かって、暖簾を外した。すると――死角から誰かの手が伸びてきて、私の腕を掴んだ。

「やあ」

「……っ！」

　それは律夫だった。彼は、いやに爽やかな笑顔を浮かべて、私に言った。

「へえ、ここが詩織の新しい職場か。いい雰囲気じゃん」

「……どうして、ここにいるの」

「どうしたもこうしたも。詩織に会いにきたに決まってる。仕事、終わったんだろ。

飯にでも行こう。俺たち、ゆっくり話し合うべきだと思うんだ」

律夫は、言葉の穏やかさとは裏腹に、私を離すまいとギリギリと腕を締め付けてくる。痛みのあまり、暖簾をかけていた棒を落としてしまった。カラン、と乾いた音を立てて転がるそれを横目で見ながら、律夫を刺激しないように言葉を慎重に選ぶ。

「なんなの？　あの若い子と結婚するって言って、私を追い出したんでしょ。なんで今更、私に執着するの」

すると、律夫は心底嫌そうに顔を顰めて言った。

「アイツとはとっくに別れてる。フリーだって、友だちも言ってたろ？　あの女、金遣いは荒いし、料理はできるけど掃除はしないし、ゴミは溜め込むし……。仕舞いには、他の男と浮気しやがったから、こっちから捨ててやったんだ。あの女、なんて言ったと思う？」

「ブランドものを買ってくれない俺は、甲斐性なしなんだと！」

そして、反対側の手の親指の爪を噛むと、苛立たしげに言った。

「なにが甲斐性なしだ。若いからって、調子こきやがって」

ブツブツと恨み言を零していた律夫は、ゆっくりと私に視線を向けた。

「やっぱりさ、俺には詩織しかいないんだよ。もしかして、料理ができないのを気に病んでるのか？　それくらい、これから勉強すればいいじゃないか。料理学校でも行けばいい。だから、頼むよ……」

そして、私の首筋に顔を寄せると、すう、と思い切り匂いを嗅いだ。

「愛してる」

「〜〜〜〜〜〜〜っ‼」

まるでアニメのキャラクターのように、末端から鳥肌が駆け上ってくる。強烈な嫌悪感に耐えきれず、私は必死に体を捩ると、律夫から逃げようともがいた。しかし、腕を掴む力は意外なほど強く、どうにも外れそうにない。

このままじゃ、なにをされるかわかったものじゃない。ひとり焦っていると——誰かが律夫の腕を掴んだ。

「……うちの詩織に、なにか用かな？」

それは朔之介さんだった。整った顔に、にっこりと爽やかな笑みを浮かべた朔之介さんは、やや乱暴な仕草で律夫の手を私の腕から外した。そして、私を自分の傍に引き寄せると、じっと彼を見つめて言った。

「店先でなにをしているんだい？　迷惑だから、帰ってくれないか」

「は？　はあああ？」

律夫は、私と朔之介さんの顔を交互に見比べると、途端に顔を真っ赤に染めた。パクパクと口を開閉して目をギョロギョロ動かす様は、まるで空気を求めて水面に昇ってくる金魚のようだ。

朔之介さんがきてくれた。心底ホッとして、安堵の息を漏らす。気が付くと、野次馬が随分と集まってしまっている。彼らはヒソヒソとなにやら囁き合いながら、私たちの様子を遠巻きに見ている。これ以上騒ぎになる前に終わらせなければと思っていると、律夫がとんでもないことを言い出した。

「――お前、裏切ったな！」

「はあ？」

そして、律夫はカバンからなにかを取り出すと、それを地面に叩きつけた。

カツン！　と臙脂色の箱が地面に当たり、中に入っていたものが溢れ落ちる。コロコロと地面を転がったのは――どう見ても指輪だった。

「せっかく、指輪まで用意してやったのに……！」

「いやいやいや⁉　そんなこと、頼んでないけど⁉」

「ふざけるなよ！　これから、お前との幸せな生活が待っていると思ってたのに、俺、どうしたらいいんだよ……！」

律夫は涙ながらに叫んでいる。指輪なんて頼んではいない、貰うつもりもないと言ってもどうにも言葉が通じない。はらはらと涙を零して、まるで世界中の不幸を背負ったかのように悲嘆にくれている。それはまるで、悲劇のヒロインのようだった。

この状況だけ見ると、まるで律夫が被害者のようだ。

「わあ。あの女、浮気したの？」

「最低……」

事情を知らない野次馬たちは、律夫に同情の視線を送り、私をまるで汚いものを見るかのように睨みつけて、ヒソヒソと囁き合っている。

これはまずい。どうしてこうなった。困り果てて、朔之介さんと顔を見合わせていると——なんとも喧しい声が耳に飛び込んできた。

「おやおやおや！　賑やかなことだ！　どうしたのかな？」

それは豆腐小僧だった。彼はトレードマークの銀縁眼鏡をキラリと光らせると、軽やかな足取りで野次馬の輪に飛び込んできた。そして、私と律夫を見比べると、嬉しそうに顔を綻ばせた。

——ああ、嫌な予感しかしない！

「なるほどなるほど、これが修羅場というやつだね。いやあ、興味深い」

そして、足もとに転がっていた指輪を手にすると、日の光に当ててまじまじと眺め始めた。事態がややこしくなりそうな予感に、いいから帰って欲しいと内心思っていると——急に、豆腐小僧の表情が曇ったのがわかった。

「ふむ。詩織くん、ひとつ聞きたいことがあるのだが」

「な、なんですか……？」

「君の苗字は『橘』だったと記憶しているが、間違いないかな」

「そうですが」

「つい最近、両親の離婚等で苗字が変わったり、裁判所で改名申請したことは？」

「ええ？　そんなことはあるわけないじゃないですか！」

非常事態なのにもかかわらず、あまりにも意味不明でマイペースな質問に、思わず苛立ちを露わにして叫ぶと、豆腐小僧はふむと大きく頷いた。

そして、ぐるりと首を巡らせて律夫の方を見ると――瞳を三日月型に歪めて、にんまりと笑った。

「君は随分とそそっかしいようだね？」

「な、なんのことだ」

「指輪を贈るくらい親密な相手のイニシャルを違えるとは……いや、それはないか。指輪を用意して刻印するということは、それなりに手間がかかるものだ」

豆腐小僧は指先で指輪を摘み、目の高さまで掲げると、リング越しに律夫を覗き込み――非常に芝居かかった口調で言った。

「まさか、君――他の女にやるはずだった指輪を流用したのではないだろうね？」

「うぅっ……!?　そ、そんなこと――」

「ない、と言うのかい？　ならば、そこの女性と指輪のイニシャルが違う理由を教えてくれないか。納得できるように！　だがしかし、時間は有限だ。簡潔に頼むよ！」

さあ話せ、と言わんばかりにお喋りだった豆腐小僧が口を閉ざすと、一気に注目が律夫に集まった。律夫は顔を赤くしたり、青くしたりしていて、どうにも説明できないでいるようだ。この男、どうやら本当に指輪を流用するつもりだったらしい。

すると、一斉に野次馬たちの見る目が変わった。律夫には軽蔑を含んだ視線が送られ、同情めいた視線が私に集まってくる。

（とことん、馬鹿な人）

脂汗をだらだら流しているかつての婚約者を哀れに思いつつ、深く嘆息する。酷い男とはいえ、一度は恋仲になった相手だ。なんだか、いたたまれない。

「……もういい！　俺は帰るからな！　お前となんか、ヨリを戻してやるものか！」

すると、律夫は捨て台詞を残し、野次馬をかき分けるようにして去っていった。

ホッと胸を撫で下ろして、彼の去った方向に視線を遣ると――異様な光景が目に飛び込んできて、思わずギョッと目を剥いた。

未だ騒ついている野次馬の向こう、律夫が去って行った方向に、小さな山くらいある巨大な髑髏――「がしゃ髑髏」が、骸骨たちを引き連れてカラカラと骨を鳴らしながら歩いて行くのが見える。その後ろには、全身に矢を受けた落ち武者たちが骸骨の馬に跨がり続き、それを追うように、思い思いの恰好をした狸たちが群れ、ポポンと楽しげに腹づつみを打っている。

それはまるで、絵巻物で見た百鬼夜行のよう。

おどろおどろしいあやかしたちの視線は、律夫の後ろ姿に固定されている。どうやら、彼らは目的があって律夫の後を追っているようだ。当の律夫は、鎌倉の人間ではないから、あやかしたちにまったく気がついていないようだけれど。

「あれ、与一さんに、源五郎さんに、田中さん？」

よくよく見ると、行列に常連さんたちが混じっているのに気がついた。一体、なにをするつもりなのかと訝しんでいると、豆腐小僧が言った。

「ま、後のことは僕たちに任せておくれよ。君を傷つけた愚かな人間に、お仕置きしておくからさ」

「え、あの。いや」

「ああ、大丈夫。今後二度と、鎌倉の地を踏みたくないと思う程度に留めて置くつもりさ。命は取らないし、祓い屋に追われるようなこともしない。君は気にしなくてもいい。なぁに、愉快なことになるだけさ。そう、あやかし的に愉快なことにね！」

そう言うと、パチリと片目を瞑った豆腐小僧は、「失礼するよ」と周りに愛想を振りまきながら去っていった。

……律夫、どうなってしまうのだろう。まあ、命は取らないというのだから、死にはしないのだろうけれど。

（……心配、ではないなあ）

なんとも薄情な自分に、苦笑する。しかし――しかしだ。律夫に浮気をされて捨てられた結果、私は会社を辞めることになった。そう、私はあの男に人生計画を大きく狂わされたのだ。今回くらいは、痛い目にあってくれてもいいのかもしれない。これが因果応報でなくて、なんというのだ。

すると、誰かが私の肩を叩いた。

「さ、後のことはみんなに任せておきましょう。アタシたちは、準備をしなくちゃ」

「準備？」

それは青藍さんだった。彼がなにを言いたいのか理解できずに首を傾げていると、青藍さんは、容赦なく私の背中をぐいぐい押してきた。

「いいからいいから。さ、店じまいしましょ！」

「ええ？　えええー……？」

困惑して、傍に立っていた朔之介さんを見ると、彼はにっこりと微笑んで言った。

「絶対に後悔させないから、僕たちの言う通りに。ね？」

その、なんとも優しげな微笑みに、私は大人しく従うことにしたのだった。


さわさわと葉擦れの音が響き、日中に比べると幾分かは冷めた風が、頬を撫でていく。風の中には、ほんのりと潮の香りが含まれている。ふと遠くを眺めると、夜空にぽっかりと浮かんだ月と、月光に煌めく昏い海面が見えた。辺りに響く涼やかな虫の合唱を聴いていると、昼間の暑さを忘れさせてくれるようだ。

さらりと自分の首元を手で撫でる。普段は下ろしていることが多いけれど、今は髪を結い上げているからか、うなじがスースーする。うーん、こんな感想を抱くのは女としてはどうなんだと苦笑を零しつつ、遠くの海面を眺めてその時を待つ。

すると、隣に立っていた朔之介さんが声をかけてきた。

「寒い？」

「いいえ、大丈夫です」

「ここは海風が吹き付けてくるからね。寒かったら言うんだよ」

朔之介さんはそう言うと、視線を海に戻した。私は、そんな彼から目線が離せなくなって、ぼうっとその姿を眺めた。

今、朔之介さんは浴衣を着ていた。彼が纏っているのは、紺色の本麻の浴衣。シンプルながら、上質な麻が使われていると一目でわかるそれは、朔之介さんにとても似合っている。明治生まれの彼は、普段から着物を着慣れているらしく、そのこなれ感たるもの、上級者の匂いがプンプンする。帯の締め方ひとつとっても洒落ていて、結び方の名称どころか、どうやって結ぶのかすら想像がつかない。もっと和装について勉強するべき……？　と、ひとり悩ましく思っていると、私の視線に気がついた朔之介さんが、ふわりと微笑んだ。

「それいいね、とっても似合ってる」

「そ、そうですか……？」

嬉しくなって、自分の恰好を見下ろす。——そう、私も浴衣を着ているのだ。

あの騒動の後、店じまいを終えた私は、青藍さんに拉致された。密室に連れ込まれた私は、青藍さんの知り合いだという女性のあやかしたちに囲まれて、あれよあれよという間に、小洒落た浴衣に着替えさせられたのだ。

　その浴衣は、青みを帯びた白地に、紫の藤の花が色鮮やかな麻混の浴衣だった。シャリっとした肌触りをしていて、生地だけであれば若い子でも着られそうな可愛さがある。けれど、帯が落ち着いた藍色をしていて、それが合わさるとなんとも大人っぽい雰囲気を醸し出すのだ。そして、極め付けがあの櫛だ。菊江さんが遺していった櫛。着付けの最後に髪に挿すと、自惚れではなく、浴衣が、帯が、櫛が――ぴったりと自分に嵌ったような気がした。

『この櫛が一番似合う彼女に差し上げてください』

　菊江さんが遺したメモを思い出して、ふっと微笑む。

「……菊江さんの御墓参りの時、お礼をしなくちゃですね。それに、こんなに素敵な浴衣を用意してくれた青藍さんにも」

「うん。きっと、喜ぶと思うよ」

「もちろん、朔之介さんにもですよ？」

「僕にも？　どうして？」

　朔之介さんは、不思議そうに首を傾げている。

　――まったく。この人は、自分のことに関しては本当に疎いらしい。私は半ば呆れながら、彼にお礼をする理由を挙げていった。

「さっき、元婚約者から私を守ってくれたじゃないですか。それだけじゃないですよ。私を、カフェの仲間として受け入れてくれました。あやかしたちに、私を紹介してくれたりもしました」

その時、海上で動きがあった。停泊していた船に小さな光が灯る。

「それに今だって」

――瞬間、どおん、と鎌倉の海に大輪の花が咲いた。パチパチと弾ける色とりどりの刹那の閃光。闇色の合間にかすかに瞬いていた星々を隠して、強烈な光を放ちながら、しゅるしゅると昇って、弾けて、消える。その数はあっという間に増えていき、短い命を、これ以上ないほどに華やかに、そして煌びやかに観衆に見せつけて、最期は瞬きながら海に落ちていく。

「私を元気づけるために、花火が見える場所に連れてきてくれたんでしょう？」

今日は、初夏に行われる鎌倉の花火大会の日。

昭和二十四年から続く、由比ヶ浜と材木座《ざいもくざ》海岸で開かれている大会で、約二千五百発もの花火が打ち上げられる、鎌倉の夏の風物詩だ。

そう、これを私に見せるために、青藍さんは早めに店を閉めたのだ。そして、朔之介さんは地元民しか知らない山の中の高台まで、私を連れてきてくれた。由比ヶ浜が一望できるこの場所は、人の混雑に煩わされることなく花火を鑑賞できる、知る人ぞ知る隠れスポットなのだという。

「……最近、君の元気がなさそうだったから、どうにか慰められないかと思って」

朔之介さんはそういうと、照れ臭そうに頬をかいた。

「別に、私に気を使う必要なんてないんですよ？」

朔之介さんたちには、色々とお世話になっているのだ。これ以上してもらっては、恩を返せなくなりそうで困る。

そう言うと、途端に朔之介さんは不機嫌そうに唇を尖らせた。

「君は、僕に恩返しさせないつもり？　僕が君にしてもらったことは、これっぽっちのことじゃ返せない」

「あれは、私がしたかったからしたまでです。別にお返しはいりません」

「じゃあ、僕だっていらないさ」

「それは駄目です！　絶対に恩は返します！」

ふたりして、ムムムと睨み合う。どうにも不毛な言い争いをしているのはわかっているけれども、どっちも譲らずに、只々、時間が流れていく。

――どおん！

また、大きな音と共に花火が上がった。今まで見たものの中で一番の大輪の花が、夜空に花開き、消えていく。同時に、水中花火がいくつも海面に大きく花開いた。半円状に広がった火花は、花弁をちりちりと揺らめかせて、水に落ちて消えていく。

どうも、花火大会もいよいよ盛り上がってきたようだ。花火の規模が大きくなり、種類が増え、見応えのあるものになってきている。

――変な言い争いをしていたせいで、大分見逃してしまったようだ。

私と朔之介さんは、お互いに顔を見合わせると、ふっと笑みを零した。このまま、花火を見ないで終わるのはもったいない。言い争いをやめて、夜空に視線を移す。そうしながらも、朔之介さんに聞こえるように、ぽつりと零した。

「まあ、受けた恩は追い追い返していきますからね」

「君は強情だなあ」

「朔之介さんほどでは」

その言葉を最後に、ふたり黙り込む。打ち上がる花火も美しいけれど、空に咲いた大輪の花を映した海面もまた美しい。

「――あ、そういえば」

ふと、あることを思い出して、朔之介さんに質問を投げた。

彼は、ん？ と首を傾げると、私を見て――その問いを耳にした途端、カチン、と固まってしまった。

「さっき、私のこと詩織って呼びましたよね？」

「そ……それは、ええと」

しどろもどろになって、顔を真っ赤にしている朔之介さんに、ちょっと意地悪かな、と思いつつも更に追い討ちをかける。

「どういう意図があって、私を呼び捨てにしたんですか？」

彼の生まれを考えると、名前を呼び捨てにすると言うのはなかなかに勇気のいることだ。明治の頃の感覚を引きずっているらしいから、それこそ本当に親しい相手じゃないと、呼び捨てにはしないだろう。そう、相手が未婚の異性ならば尚更だ。

少しの期待を胸に、彼をじっと見つめる。すると朔之介さんは、一瞬だけ視線を宙に泳がせると、少し気まずそうに言った。

「僕は、青藍や君に、心配されたり守られたりするばかりだったろう？　だから、君を守らなくちゃと思って呼んでみただけだよ。まあ、最後は豆腐小僧にいいところを持っていかれちゃったけどね」

「そ、そうですか」

……どうも、深い意味はなかったらしい。

こっそりと落胆しつつ、でも呼び捨てにされたこと自体は、距離が縮まったみたいで嬉しいなあなんて思う。特別なことはなにもないのに、言及してしまったことが少し恥ずかしい。だから、いつも通りに戯けて誤魔化すことにした。

「なんだ、てっきり私のことが好きだから、呼び捨てにしたのかと！」

「……え？」

けれども、私はすぐに後悔することになる。

――何故ならば、そんなことはないよ、と反応が返ってくると予想していたのに、朔之介さんの顔が、ぱっと赤く染まったからだ。

「…………へっ？」

思わず間抜けな声を漏らして、じっと目の前の朔之介さんを見つめる。タラタラと冷や汗を流している朔之介さんは、不自然なほどに動揺しているように見える。それを認識した途端、カッと私の顔も熱くなって、みるみるうちに汗が滲んできた。

「あの、あの！　さ、朔之介さ……」

その瞬間、辺りに一層大きな音が響いた。終盤に向けて、花火大会が一番の盛り上がりを見せているらしく、同時に何発も何発も打ち上がるものだから、声がかき消されてしまう。

これでは喋っても仕方がないだろう。口を閉ざして、彼を見つめる。

視界の角では、激しく火花が散っている。海上は極彩色に彩られ、観る者を魅了しているのだろう。けれど、私は今、目の前の人の瞳を眺めるのに夢中だった。花火を映した透明感のあるその瞳が、なによりも美しく思えたからだ。

——この花火の音が止んだ時、彼の本心を聞けるのだろうか。

早く聞きたいような、聞きたくないような。心臓が今までにないほどに早鐘を打っている。花火はしばらく止みそうにない。永遠とも思える時が流れていく——。

すると、しびれを切らしたのか、朔之介さんは意を決したように私の傍にやってきた。そして、私の耳元に自分の顔を寄せると、声を張り上げて言った。

「……好き、とかそういう感情はよくわからないんだ‼　でも、単純に、大切な人の尊厳が変な奴に貶められるのが耐えられなかった。呼び捨てにしたこと、気に障ったのなら謝る‼」

「――……っ⁉」

ああ、感情が乱高下して忙しい。よくわからないと言われて沈み、けれども、「大切な人」――その意味を想像して、一気に天にも昇るような気持ちになる。それは、なんとも気障な言葉で……私の心を動かすには充分だった。

（ああ、やっぱりこの人を好きになってよかった）

涙が滲みそうになるのを必死に堪えながら、気持ちを鎮めるために静かに息を吐く。わからない、ということは可能性が多少なりともあるんだろうか。正直、自惚れるほど自分に自信は持ってない。けれど、彼が普段はしないようなことをしてまで、私を守ろうとしてくれたことに意味がある。そこにはきっと、温かな気持ちが籠もっているはずだから。

（片思いでも、なんでもいい。この人と、これからも一緒にいたい）

だから、私は朔之介さんの耳元に顔を寄せると、自分も声を張り上げて言った。

「怒ってなんていませんよ。助けてくれて、本当にありがとうございます……！」

その瞬間、連続して打ち上げられていた花火が止んだ。

しんと辺りは静まり返り、木の葉が擦れる音と、虫の鳴く声だけが響いている。そんな中、私は朔之介さんに寄り添ったまま、動けずにいた。

肌が触れるほど近いこの状況ならば――私の鼓動が、異常なまでに早いことくらいは彼に伝わるんじゃないか。そんな風に思ったりする。けれど、冷静な自分はそんなことはありえないと言っていた。

いつもならば、大抵冷静な自分の考えが当たるのだが――。

「…………っ⁉」

急に朔之介さんの顔が真っ赤に染まったかと思うと、思いのほか素早い動きで後退りされて驚いた。パクパクと口を開いたり、閉じたり。彼は、私が顔を寄せた方の耳を手で押さえて、動揺している。

「え？　ええ？　えええ……？」

まさか、私の気持ちが伝わったのだろうか。

いやいや、それはないだろう。きっと私がなにか仕出かしたに違いない。

そもそも、先に朔之介さんがやってきたことを、私がやり返したようなものだ。そんな状況で、赤面する理由が――……ああ、まさか。

「自分もやられてみたら、思いのほか恥ずかしかった……？」

ふと浮かんだ考えをぽつりと零す。すると彼は、ガクガクと頷くと、真っ赤な顔を両手で押さえて、その場にしゃがみ込んでしまった。

「なんて言ったらいいか……本当にすまない！　せ、責任は取らせて貰うから」

「いやいやいや、責任取るほどのことですか⁉」

思わずツッコミを入れて、しかし、一瞬硬直する。

何故ならば、責任を取って貰っちゃおうか、なんて馬鹿な考えが頭をよぎったからだ。けれど、そんなのできるはずがない。そう思い至ると、途端に笑いがこみ上げてきて——私もその場にしゃがむと、お腹を抱えて笑い出した。

朔之介さんは、そんな私をぽかんと見つめていたかと思うと、釣られてしまったのか、肩を揺らして笑い出した。花火の音が止み、薄闇に包まれた見張り台に、私と朔之介さんの笑い声が響いていく。

するとそこに、呆れ返ったような声が混じった。

「なにしてるのさ。花火も見ないで。ほら、最後の一発が上がるよ！」

それはサブローで、いやに機嫌が悪そうに見える。

「イチャイチャしちゃってさ。なんなんだよ。姉さんの馬鹿。やっぱり人間は人間が好きなんだよな。オイラだって、人間に変化できるようになったら……」

「サブロー？　どうしたの？」

なにやらブツブツ呟いているサブローに声をかける。すると、彼はちろりと私を横目で見ると、尻尾をぴんと伸ばして言った。

「なんでもない。せっかくきたんだから、最後の一発くらいは、ちゃんと見なよ！」

サブローは、そう言い残して茂みの奥へと消えていった。

私たちは顔を見合わせると、ゆっくりと立ち上がった。まだ最後の一発が上がる様子はない。花火を待ちながら、私は海を見つめると、しみじみと言った。

「――私、今日のことで、本当に鎌倉にこられてよかったと思いました。元婚約者のこととか、過去に縛られてウジウジしてたのが、まるで嘘だったみたいに心が晴れ晴れとしているんです。おかげ様で、新しい一歩を踏み出せるような気がします。責任は取らなくていいですが、これからもよろしくお願いしますね！」

するると朔之介さんは、うっすらと目を細めて言った。

「君がきてくれたおかげで、僕も変われた。母のことも知れた。僕も前を向いて進もうと思う。小説家、また目指してみるよ」

「わあ、本当ですか。応援します！」

「うん。無事にデビューが決まったら――回らないお寿司、奢るからね」

一瞬、なんのことか分からずきょとんとする。けれど、それが七里ヶ浜で言った冗談のことだと思い至ると、私は破顔して大きく頷いた。

「――ぜひ。よろしくお願いします」

するとその時、ひゅるひゅると甲高い音と共に、鎌倉の空に大輪の花が咲いた。

私たちは空を見上げると、互いに微笑み合って――空に残る火花の余韻に、しばらくの間浸っていたのだった。

《了》

一二三文庫

古都鎌倉、あやかし喫茶で会いましょう

2019年10月5日　初版第一刷発行

著　者　　忍丸
発行人　　長谷川　洋
発行・発売　株式会社一二三書房
〒101-0003
東京都千代田区一ツ橋 2-4-3 光文恒産ビル
03-3265-1881
http://www.hifumi.co.jp/books/

印刷所　　中央精版印刷株式会社

ISBN 978-4-89199-600-0